Drôle de personnage

Biographie

Après une carrière artistique dans le domaine de la communication, de la photo et du cinéma, David Hudson est devenu romancier. Il est l'auteur sous divers pseudonymes de soixante livres pour la jeunesse, dont plus de la moitié chez Bayard : ouvrages historiques, récits fantastiques, romans d'aventures et romans d'amour.

© 2005, Bayard Éditions Jeunesse
3, rue Bayard, 75008 Paris
ISBN : 2 7470 1750 8
Dépôt légal : octobre 2005
Loi n°49 956 du 16 juillet 1949 sur les publications destinées à la jeunesse.
Reproduction, même partielle, interdite.

DAVID HUDSON

Drôle de personnage

BAYARD JEUNESSE

Avertissement

Si tu aimes le chant, la danse, la musique,
le théâtre ou le cinéma,
ce livre est fait pour toi.
Découvre les coulisses de l'**Art School**,
l'académie des arts du spectacle
la plus prestigieuse de Paris,
où des élèves talentueux travaillent
avec acharnement pour atteindre la perfection.
Leur objectif : devenir des artistes reconnus !

Chapitre 1

Un groupe d'excités, chargés de décors baroques, bouscula Stanley Marchand. Il fit deux pas en arrière et écrasa involontairement la délicate chaussure de Lucie Rivière. La jeune étudiante s'assit par terre en gémissant de douleur.

— Désolé, dit-il.

Il s'accroupit et saisit avec toute la douceur possible son pied chaussé d'une ballerine.

— Ce serait dommage de perdre une petite merveille aussi douée pour la danse, ajouta-t-il.

Lucie le repoussa avec colère :

— Ton humour est aussi léger que toi, Stan ! Tu m'as fait un mal de chien !

Stanley redressa ses cent kilos. Des traits virils lui auraient procuré la séduction qui lui faisait défaut. Or sur ses épaules de lutteur était posée une figure ronde et rouge de bébé joufflu. « Tête de clown ! » pensait-il lorsqu'il lui arrivait de se regarder dans un miroir.

— Désolé, répéta-t-il en s'éloignant de Lucie.

La fête, qui battait son plein, lui fit oublier sa stupide maladresse. L'Art School, académie des Arts du Spectacle, s'était transformée en un immense carnaval afin de célébrer L'art-en-ciel, la cérémonie qui marquait la rentrée scolaire.

Depuis plusieurs jours, trois cents élèves décoraient l'imposant bâtiment de l'académie, qui s'élevait sur les hauteurs des Buttes-Chaumont. Autrefois, il avait servi d'usine et d'entrepôt, puis il avait été racheté par la fondation Kazan et confié à un architecte chinois de génie. Celui-ci avait remplacé ses lourdes murailles de béton par des parois de verre, faisant de lui une maison de reflets et de lumière.

Les étudiants occupaient la terrasse supérieure, baptisée le Jardin du ciel, le grand hall du rez-de-chaussée et le parc de l'académie, transformés en lieux de représentations diverses. Tous les spectacles étaient libres et improvisés. Seule contrainte : chacun devait évoquer le ciel, thème choisi pour la rentrée.

Stan s'arrêta quelques instants devant un

orchestre de six musiciens qui interprétaient *Ciel d'orage* de Léo Becker. Aux plaintes des violons se mêlaient la voix sonore des cuivres et les vibrations assourdissantes d'une plaque métallique, avec lesquelles Yannick Bossion, surnommé « le batteur fou », imitait le fracas du tonnerre.

Anne, l'une des violonistes du groupe, fit signe à Stanley de se joindre à eux. Tout joyeux, il alla chercher sa trompette. Sans être un virtuose, il était assez doué et ne manquait pas de souffle, qualité précieuse pour un trompettiste. Il ajouta au morceau une note amusante grâce à un numéro de trompette bouchée.

Tandis que l'orchestre recueillait des applaudissements enthousiastes, Anne demanda à Stan si les sons étouffés de son instrument symbolisaient le vent d'orage. Le trompettiste secoua la tête :

— Le ronflement de la cheminée envahie par les bourrasques, l'hiver, au coin du feu, tandis que l'aïeule tricote, le mari digère en lisant son journal, la femme tisonne, et le fils de la maison embrasse sa jolie voisine, qui gémit doucement en murmurant : « Non, Charlie » d'un accent qui dit : « Oui, Charlie. »

Les musiciens éclatèrent de rire.

— J'avoue que je n'avais pas pensé à ça ! reconnut Yannick.

Ils aimaient tous Stan pour sa gentillesse et son humour.

— Viens voir le paradis ! le pressa Corinne, la deuxième violoniste, qui venait de remettre son instrument dans son étui.

À l'extrémité du parc, assis sur un rocher, Dieu, en robe longue et barbe blanche, accueillait les Élus, entouré de jeunes étudiantes auréolées d'or et vêtues de tuniques immaculées. Ces anges du ciel jouaient du luth pendant qu'un saint Pierre farouche – Milton Ebrard, étudiant de dernière année – malmenait les prétendants aux délices du paradis.

Voyant approcher Corinne, saint Pierre agita avec furie un énorme trousseau de clés :

— Pécheresse ! Que viens-tu faire ici ? On ne compte plus les garnements qui ont partagé ta vie dissolue : Pierre, Édouard, Rob, Bruno, Anthony... Aurais-tu l'audace de franchir cette enceinte sacrée ?

— Je suis sage depuis huit jours, plaida Corinne.

— Menteuse ! cria une voix parmi les rires des spectateurs.

— Et toi ? cria saint Pierre en avisant le trompettiste.

— Je ne fais que passer, dit Stan.

— Refuserais-tu le paradis ?

— Pas du tout, à condition qu'on me laisse jouer de la trompette avec ces anges.

— Pitié ! gémit le Père éternel dans sa barbe.

Dieu était interprété par un pianiste de quatrième année, Ray Genestar, personnage corpulent, imposant et solennel.

— Pas question de trompette ! décréta saint Pierre. À la rigueur, tu pourrais faire office de videur, les jours de concert céleste.

— Bonne idée ! dit Stan.

D'une seule main, il souleva saint Pierre, le chargea sur son épaule comme un vulgaire sac de patates et, suivi par la foule hilare, l'emporta en dépit de ses protestations indignées :

— Lâche-moi, maudit chien, ou tu iras en enfer !

— C'est là que je t'emmène, répliqua Stan.

Il se débarrassa de son fardeau dans l'une des grandes poubelles où les jardiniers de l'académie déversaient leurs déchets végétaux. Puis, tournant le dos au paradis, il gagna l'école. Dans la partie droite du hall, un mime en habits vaporeux simulait le souffle du vent et la danse des nuages. À l'opposé, les peintres de l'atelier des décors représentaient les divinités du ciel, Zeus, Aphrodite, Hermès et Artémis, sur de vastes fresques aux couleurs vives.

Stan se fraya un chemin au milieu des curieux fascinés par le travail des artistes et gagna le Jardin du ciel. Là, sur la terrasse qui dominait Paris, il devait interpréter un numéro d'acrobatie : l'aigle blessé.

Cinquante étudiants étaient assis sur le sol dans le plus grand silence. Aurelia chantait. Stan s'installa à côté des autres et admira la jeune fille. C'était une beauté : fine, rayonnante, de longs cheveux blonds, une peau soyeuse toute dorée par le soleil, un corps dessiné à la perfection.

Aurelia interprétait l'Ave Maria de Schubert. Sa voix était d'une pureté bouleversante. En l'écoutant, Stan, la gorge nouée, oublia sa laideur et ses inhibitions. Il aimait Aurelia d'un amour fou, douloureux, impossible, et il aurait donné tout au monde pour la serrer dans ses bras. Mais elle était si belle, céleste, inaccessible, qu'il osait à peine lui adresser la parole.

Soudain, la prière prit un rythme différent. Une guitare se mêla à la voix de la jeune fille, transformant la douce musique de Schubert en air de jazz. Les étudiants frappèrent dans leurs mains. Stan les imita. Aurelia riait. Son swing s'acheva sur un aigu parfait.

Les spectateurs se levèrent pour l'acclamer. Seul Stan demeura assis par terre, hypnotisé.

– Tu as vu un ange ? demanda Loïc.

Stan dévisagea son meilleur ami avec gravité :

– Effectivement.

Loïc le tira par la main pour l'aider à se redresser :

– Au tour d'une autre créature ailée !

Le Jardin du ciel comportait une tribune de bois et un espace scénique circulaire. Stan atteignit celui-ci. Les machinistes y avaient installé deux grands arceaux métalliques pourvus de lanières élastiques. Stan endossa un harnais, que les ouvriers fixèrent aux lanières avant de tendre le dispositif, élevant ainsi l'acrobate à cinq mètres au-dessus du sol.

Les étudiants s'étaient rassis. Certains lançaient des plaisanteries ; Aurelia bavardait avec son voisin. Stan était décidé à attirer son attention, et il se disait que le meilleur moyen serait de lui faire peur. Il balança donc de toutes ses forces ses cent kilos, frôla le sol, puis remonta très haut dans le ciel, les bras étendus comme s'il volait. La machine était conçue pour lui permettre d'évoluer lentement de haut en bas et d'arrière en avant.

Sur sa lancée vertigineuse, les arceaux plièrent, et les vis d'acier qui les retenaient dans le béton bougèrent.

– Doucement ! cria Yvan, l'un des installateurs du système.

Au lieu d'obéir, Stan s'élança encore plus haut. À présent, les étudiants avaient cessé de rire. Ils retenaient leur souffle. Aurelia regardait l'acrobate d'un air effaré. Stan aurait voulu s'envoler réellement et l'emporter avec lui. Enivré, il monta à une telle hauteur qu'une des lanières cassa. Déséquilibré, il heurta la rambarde et resta un moment suspendu au-dessus du vide. Aurelia poussa un cri. Puis les lanières du côté opposé le ramenèrent vers le Jardin du ciel. En dépit du danger, il n'avait pas cessé de sourire et d'écarter les bras.

— Arrête ! hurla Yvan.

Comme Stan planait au-dessus du cercle avant de s'élancer de nouveau, le machiniste détendit d'un coup les sept lanières et l'aigle atterrit sain et sauf.

Il se redressa et salua.

— Qu'est-ce qui t'a pris ? Tu aurais pu te tuer ! grogna Yvan.

Loïc bouscula l'aigle empêtré dans son harnais :

— Ton numéro a été court, mais fantastique. Tu peux te vanter de m'avoir flanqué une sacrée pétoche !

— C'était le but, répondit Stan, salué par les ovations des spectateurs.

Au premier rang, Aurelia battait des mains. Le cœur de Stan s'affola : la jeune fille s'approchait de lui.

— Drôle d'oiseau ! plaisanta-t-elle.

— Un peu lourd pour un aigle, réussit-il à articuler.

Elle fit la moue :

— Tu as bien failli t'envoler pour de bon !

— Je me suis envolé... en t'écoutant chanter.

Gêné par cet aveu masqué, il le tourna aussitôt en plaisanterie :

— Belle réplique, non ?

Abandonnant Aurelia, il rejoignit Loïc et ses amis, et les fit rire aux larmes par ses facéties. Il avait un don extraordinaire pour imiter les voix en jouant sur leurs tics et leurs défauts. Après avoir contrefait tous les professeurs de l'Art School, il en vint à la directrice, Martha Ferrier, son plus grand succès. Il fignolait son numéro quand il s'aperçut que les étudiants avaient cessé de rire. Il se tut, tourna la tête... Derrière lui, Martha écoutait, toute raide dans le fauteuil roulant qu'elle occupait depuis l'accident d'où elle était sortie paralysée, douze ans auparavant.

— Je crains, Stanley, que tes imitations ne soient aussi périlleuses et déconseillées que tes acrobaties, dit-elle.

Martha Ferrier avait été danseuse étoile et, malgré son infirmité, elle conservait, dans son port de tête et les gestes de ses belles mains, sa grâce d'autrefois.

— Excusez-moi, dit Stan, déconfit.

Martha sourit :

— C'est la fête, aujourd'hui, pas vrai ? Les élèves ont tous les droits un jour par an, comme les esclaves dans la Rome antique. L'année s'annonce difficile pour tous. La folie libère les esprits, je suppose. Imite encore ma voix, si tu veux bien, Stanley. Il est très instructif de savoir comment les élèves me perçoivent.

— Vous êtes sûre ?
— Allons, je t'écoute !

Les étudiants se mirent à rire. Stan les foudroya du regard.

— Vous autres, ne prenez pas mes paroles à la légère, gronda-t-il avec la voix de Martha. Cette année, la dernière pour certains d'entre vous, sera impitoyable. La danse, le chant, la musique, le théâtre suscitent bien des passions. C'est amusant de faire joujou en scène. Mais rappelez-vous une chose : l'effort vient avant le plaisir, la souffrance avant le succès. Quelques-uns se prennent déjà pour des stars, alors qu'ils ne sont que des apprentis. Ils seront toujours des apprentis, quelles que soient leurs dispositions. Comme disait Frank Sinatra : « Quelques instants pour paraître en scène. Toute une vie pour y rester. » Mais je compte sur vous, sur votre talent, sur votre volonté. Vous êtes la fierté de l'Art School. »

Quand il se tut, Martha applaudit et tous l'imitèrent. Aurelia pressait sa main sur sa bouche ; ses yeux riaient. Le geste était charmant.

Il pensa à elle en rentrant chez lui, solitaire.

Chapitre 2

— Vise un peu la grande brune... La fille au foulard rouge ! Pas mal, non ? s'exclama Loïc.

— Et la blonde, là-bas, avec ses cheveux frisés et son air candide. Cette petite a besoin de conseils, décida Milton.

— Tu parles d'un conseiller ! ricana Yannick.

Milton tordit la bouche :

— Tu es jaloux parce que je l'ai vue le premier !

Il traversa le groupe des élèves de première année pour rejoindre la blonde qu'il avait repérée.

— Vous n'en avez pas marre d'espionner les nouvelles ! râla Stanley. À chaque rentrée, c'est le même cirque. On se croirait à la foire aux chevaux.

Loïc éclata de rire :

— Tu as trouvé le mot juste : la foire. On repère les plus beaux spécimens, on les attrape, et on les parque avant l'offre de la concurrence.

— De vrais maquignons ! lança Stan.

— Le plus doué, c'est Milton, dit Loïc en montrant le pianiste penché sur la jolie blonde aux cheveux frisés.

— Il n'y a pas que les filles. Les garçons sont vachement mignons, fit remarquer Corinne.

Agacé, Stanley abandonna ses amis et pénétra dans l'académie. Dans le grand hall, une cinquantaine de nouveaux élèves se pressaient devant les panneaux d'information. Ils avaient été admis au terme d'un concours auquel se présentaient plus de deux mille candidats.

Stan allait fuir cette agitation quand il vit, assise sur un banc, une toute jeune fille qui toussait nerveusement. Son air douloureux le poussa à lui adresser la parole :

— Tu répètes une scène de *La dame aux camélias ?*

Elle se contenta de détourner la tête. Il n'aurait pas su dire si elle était laide ou jolie. Elle avait un corps maigre, mais gracieux, des cheveux châtains relevés sur la nuque et fixés en un chignon maladroit, de longs doigts aux ongles rongés jusqu'au sang.

Il s'assit à côté d'elle et murmura :

— C'est si grave que ça ?

Elle lui jeta un bref regard et avoua :

— J'ai la trouille !

— De quoi ?

— De danser.

Elle soupira :

— Devant les autres, tu comprends ?

— Tu as pris l'option danse ?

Elle acquiesça avec une sorte d'agacement. Avec ses lèvres mordues et ses mains jointes comme pour une prière, elle avait un air si enfantin qu'il réprima un sourire :

— C'est ce que tu as fait au concours, non ? Et tu as réussi, puisque tu es là aujourd'hui. Alors, où est le problème ?

— Devant un jury, ce n'est pas pareil.

— Si tu veux être danseuse, il faudra bien que tu affrontes le public, et il ne sera peut-être pas aussi amical.

— J'aurais appris, dit-elle d'un ton buté. Mais ici, devant ces filles si belles qui vont se moquer de moi... Elles ont commencé, du reste.

Stan fronça les sourcils :

— Quand ça ?

Elle ignora la question, et il se garda d'insister en la voyant au bord des larmes.

— Tu dois danser ce matin ? poursuivit-il.

— Devant Olivia Karas, parce que j'ai commis la bêtise de demander une formation intensive.

Il sourit gentiment :

— Ce n'est pas une bêtise. Tu t'appelles comment ?

— Aude, murmura-t-elle.

— Moi, c'est Stan.

Sa grosse main enveloppa avec précaution les doigts fins. Avec ses membres délicats, sa peau blanche et ses yeux d'un bleu très pur, Aude semblait aussi fragile qu'une poupée de porcelaine.

— Tu aimes danser ? demanda-t-il soudain.

Elle lui jeta un regard étonné :

— Bien sûr. C'est ma passion, depuis mon enfance…

Il frappa dans ses mains :

— Alors, on va tous danser !

Éberluée, elle le vit se lever et crier :

— Julie ! Lola ! Cédric ! Lucie !

Ses camarades le rejoignirent en riant.

— Ah ! Voilà les autres ! jubila-t-il. Loïc ! Anne ! Corinne ! Venez, il nous faut de la musique !

— Pourquoi ? s'étonna Loïc.

— Il s'agit d'une affaire sérieuse… Un bal en l'honneur des nouveaux.

— *Le blues des bleus*, proposa Cédric.

Stan secoua la tête :

— Quelque chose de plus entraînant, de plus sauvage… *Wild Night, Get Some, Feelin'on*… Allez, en piste !

Sans se faire prier, les musiciens allèrent chercher leurs instruments. Après une brève concertation, deux guitaristes, deux saxos, un violoniste et un trompettiste commencèrent à jouer un air très rythmé, tiré du film *Fast & Furious*. Une dizaine d'étudiants se mirent à danser. D'autres suivirent. Stan prit la main de Aude :

— Allez, viens.

La jeune fille se leva et se mêla aux danseurs. Elle était souple et gracieuse. Quelques minutes plus tard, Stan la revit, souriante, libérée, son chignon défait, les cheveux sur les épaules. Il se mit à danser à son tour avec une fougue dangereuse. Ses voisins s'écartaient prudemment pour ne pas être écrasés.

— Le fauve est lâché ! cria Loïc.

Le grand hall n'était plus qu'une gigantesque fiesta, où se mélangeaient les nouveaux et les anciens. Lorsque la sonnerie annonçant le début des cours retentit, c'est à peine si les danseurs l'entendirent.

Le surveillant général avait tenté de faire cesser le vacarme, sans succès. Martha Ferrier avait dépêché sa secrétaire ; on lui avait ri au nez. Il fallut l'intervention furieuse du professeur d'histoire de l'art, Roland Bensimon, pour ramener le calme :

— Où vous croyez-vous ?

— Dans une école de danse ! hurla Stan au milieu des rires.

— Vous appelez ce chahut de la danse ?
— On échauffe les nouveaux.

Il se pencha vers Aude :

— Tu vois, tu as fait tes débuts !

Elle récupéra ses affaires : sa frousse avait disparu. Avec Olivia Karas, elle pouvait très bien renaître, mais c'était toujours ça de gagné. Il murmura :

— Bonne chance !

« Joli sourire », pensa-t-il avec mélancolie en voyant la jeune danseuse se faufiler parmi les étudiants de première année.

Loïc vint le rejoindre, tenant Lucie par la main. Ces deux-là étaient inséparables.

— Tu m'as l'air en forme ! constata Loïc.
— Prêt pour Falstaff ? demanda Lucie.

Falstaff, personnage truculent et ridicule, était le héros des *Joyeuses commères de Windsor*, une comédie de Shakespeare. Les étudiants de quatrième année, dont Stan, Loïc et Lucie faisaient partie, mettaient en scène le dernier acte sous la direction de Guillaume Richelme, le prof d'art dramatique.

Stanley fit la grimace :

— Pour une fois, j'aimerais jouer dans une pièce contemporaine. *Aux armes !* par exemple.

— Jason Masur est en train de l'étudier, dit Loïc.

— Il l'a balancée aux oubliettes, comme les autres, commenta Stan. Tu parles d'un directeur artistique ! La vérité, c'est qu'il s'intéresse plus aux spectacles de sa compagnie qu'à nos créations.

— Falstaff est un rôle en or pour toi, lui assura Lucie.

— Merci !

Stan prit son air renfrogné. Il en avait ras le bol des rôles grotesques. Pour une fois, il aurait voulu pouvoir se mettre dans la peau d'un héros romantique, tourmenté, désespéré, tel qu'il était réellement. Mais il héritait invariablement des rôles comiques. « Ma tête de bouffon les attire comme un aimant », pensa-t-il avec rage. Ce Falstaff, menteur, escroc, prétentieux et naïf, finissait par l'écœurer, alors que la pièce de Shakespeare était géniale.

— J'ai bien envie de te céder le rôle, grogna-t-il.

Loïc éclata de rire :

— Tu me vois en Falstaff, avec mes soixante-trois kilos ? Il faut un gaillard extravagant, haut en couleur...

— Une vraie gueule ! confirma Lucie.

— Si je te comprends bien, j'ai une tête de con, dit Stan avec une douceur menaçante.

— Pas du tout ! protesta la jeune fille. Tu déformes mes propos. Falstaff est un personnage magnifique ! Tous les comédiens rêvent de ce rôle, et je n'en vois pas un seul capable de l'interpréter mieux que toi... Quand tu es assailli par les fées et les faux lutins dans la forêt de Windsor...

— Un vrai pitre !

Lucie secoua ses boucles noires avec énergie :

— Pas du tout. Falstaff est comique et tragique à la fois. À force de suivre ses mésaventures, on finit par le plaindre !

— C'est tout moi, dit Stan en riant malgré lui. Pitié, Lucie, tais-toi. Je préfère penser que tu m'en veux de t'avoir écrasé le pied avant-hier.

— Ma ballerine est foutue !

— Tout s'explique !

Stan prit ses deux amis par les épaules et les poussa vers l'escalier de fer qui montait jusqu'au petit théâtre.

— Allons répéter, soupira-t-il avec résignation.

Loïc incarnait Fenton, et Lucie la jolie Anne Page, dont il était amoureux. Stan aurait donné cher pour être à la place de son ami.

Au deuxième étage, ils trouvèrent un Guillaume Richelme hors de lui :

— Vingt minutes de retard ! Ça ne vous suffit pas, de mettre la pagaille dans l'école, il faut encore que vous sabotiez mon cours. Je ne suis pas à votre disposition, je vous signale !

Stan se jeta aux genoux du prof :

— « Va, tu es comme ces muguets susurrants qui ont des airs de femmes en habits d'hommes. Je t'aime, je n'aime que toi, et tu le mérites ! »

Cette citation des *Commères* déclencha une tempête de rires. Guillaume lui-même se dérida.

Grâce à cette fantaisie, la répétition se déroula dans la bonne humeur. Stan récolta un beau succès.

— Tu as été génial ! s'exclama Lucie.

Stan regarda ses yeux rieurs sans pouvoir sourire en retour. « Un jour, un seul jour, être stupide et dénué de talent, mais beau comme un dieu », pensa-t-il avec désespoir.

Chapitre 3

— En garde ! commanda Philips, le maître d'armes.

Pieds écartés, genoux fléchis, Stan attaqua immédiatement. Le maître dévia le coup et riposta. Emporté par son élan, Stan s'enferra sur l'épée de son professeur sans pouvoir contre-attaquer.

— Trop de fougue, et pas assez de vivacité ! critiqua Philips. Une fois encore, vous vous jetez sur la lame de votre adversaire. Et puis, votre poignet est trop rigide. Tout est dans la flexibilité. Je me demande si vous êtes fait pour l'escrime. C'est un jeu de serpents, pas un combat de taureaux.

— Merci pour le taureau ! grommela Stanley.

Son équipement l'étouffait. Il arracha son masque, révélant un visage ruisselant et des boucles brunes collées à son crâne. Le masque sous le bras, il salua le maître d'armes et gagna le banc sur lequel Loïc l'attendait, l'air réjoui :

— J'ai bien cru que tu allais le pourfendre !

Stan haussa les épaules, s'essuya le visage, puis détacha son plastron.

— J'ai été nul, grogna-t-il. Mais je m'en fiche. Je n'ai pas envie de disputer un championnat. Je veux seulement savoir tenir une épée.

S'il s'appliquait au maniement des armes et pratiquait l'équitation en dehors des cours, c'était avec l'intention de faire un jour du cinéma et de la télévision. Là, pensait-il, il aurait l'opportunité de tourner dans un film d'action et d'incarner un personnage héroïque, auquel sa taille et sa carrure le destinaient.

— Grouille-toi ! dit Loïc. Le cours va commencer !

Stan, de mauvaise humeur, renifla :

— Une douche, si tu permets !

Quelques minutes plus tard, il reparut, frais et souriant.

L'Art School était à huit cents mètres de la salle d'armes. Ils se mirent à courir.

Comme il se glissait dans le petit théâtre où se pressaient les étudiants, Virginie, une jeune

comédienne, lui apprit qu'on attendait Jason. Stan lança à Loïc un regard entendu :
— *Aux armes !*

Le directeur artistique entra d'un pas pressé et sauta sur la scène. C'était un homme de vingt-deux ans au physique étrange : un visage tourmenté, un front et un menton proéminents, des cheveux aux boucles épaisses tirant sur le roux. Un visage de faune, singulier mélange de laideur et de charme.

— Je vous ai réunis pour vous parler d'une pièce écrite par l'un de vos condisciples, annonça-t-il. Le sujet original nous a séduits. M. Richelme est d'accord pour la monter dans son intégralité, après les corrections et les arrangements qui s'imposent. La pièce s'intitule *Le roi des carpes*.

— Merde ! grogna Stanley.

— L'auteur, Bernard Soubeyran, est absent, malade m'a-t-on dit. Je vais vous résumer l'histoire, poursuivit Jason. Certains la connaissent déjà, je suppose. Vous êtes trente, non, trente-deux. L'intrigue fait appel à onze comédiens et un certain nombre de figurants. Guillaume a des idées précises sur la distribution. Néanmoins vous passerez tous de courtes auditions. Ceux qui ne seront pas retenus obtiendront d'autres rôles sans difficulté, si j'en juge par les projets qui s'entassent sur mon bureau et les œuvres dramatiques inscrites au programme.

Il s'interrompit pour regarder les étudiants; il se sentait proche d'eux. Quelques années auparavant, il avait été lui-même élève de l'Art School, l'un des plus originaux et des plus brillants.

— C'est la peinture outrée d'un tyran sanguinaire, Nabu, raconta-t-il. Ce roi veut soumettre tous ses sujets à sa volonté. Il prend plaisir à les humilier, à les torturer. Or, maladresse ou bêtise, ses actes de cruauté se retournent contre lui. Il ne s'agit pas d'un fou. Dans sa jeunesse, il s'est montré juste et généreux. Puis le pouvoir l'a corrompu et isolé. Incompris, il est devenu soupçonneux et méchant. Tout le monde s'éloigne de lui par crainte ou dégoût, et sa solitude le désespère. Intéressant, non?

— Non! cria Stanley.

— Ah, M. Marchand n'est pas d'accord, dit Jason en riant.

— On vient de jouer *Les joyeuses commères de Windsor*. Le personnage de Falstaff est autrement plus riche que ce Nabu, et les mécanismes dramatiques se ressemblent. Tous les stratagèmes de Falstaff se retournent contre lui...

— Le personnage de Shakespeare est un menteur et un escroc. Ce n'est pas le cas de Nabu. Il symbolise la solitude du pouvoir et l'absurdité de la tyrannie. Les *Commères* sont une comédie. *Le roi des carpes*, une tragédie.

Stan haussa les épaules :

— Disons que ça ne m'intéresse pas !

— On ne t'a pas demandé ton avis ! s'emporta Guillaume Richelme.

— Si, justement, rétorqua Stanley. M. Masur nous a pris à témoin. J'ai lu *Le roi des carpes*. C'est un mauvais mélange de Jarry et de Ionesco. *Aux armes !* de Vincent Marquez est beaucoup plus original.

— *Aux armes !* viendra en son temps, promit Jason. Pour l'instant, travaillons sur *Le roi des carpes*. Je vous laisse en compagnie de M. Richelme. Je viendrai aux répétitions.

Avant de partir, il prit Stan à part :

— Le personnage de Nabu te conviendrait tout à fait.

— Possible, mais j'ai envie de changer. J'en ai assez d'incarner toujours les mêmes rôles.

— Celui-ci est différent, je t'assure, insista Jason... Je t'ai vu jouer à plusieurs reprises, l'an passé, et deux fois depuis la rentrée. Tu as l'étoffe, la présence d'un grand comédien. Tu es capable de remplir la scène à toi tout seul.

— C'est une allusion à ma corpulence ? ironisa Stanley.

Jason acquiesça :

— C'est un atout, comme ma propre laideur. Au lieu de me handicaper, elle m'a aidé. Mais il n'y a pas que cela, le physique. Il faut savoir donner leurs dimensions aux personnages, captiver, émouvoir, amuser, terrifier le public. C'est tout un art, plus facile pour certains...

— J'en ai marre de faire rire, s'entêta Stan. Je veux m'essayer aux rôles dramatiques. Dans *Aux armes !* il y a un personnage fascinant, celui de l'infirme, qui, au retour de la guerre, continue à lutter pour que règne enfin la justice.

— Varanski, dit Jason, montrant qu'il avait bien lu la pièce... Ce n'est pas un très grand rôle.

— Il n'y a pas de petits rôles, répliqua Stan.

Jason acquiesça en souriant :

— J'en parlerai à Guillaume et à Pierre Malherbe.

En regagnant sa place, Stan trouva un exemplaire du *Roi des carpes* sur son fauteuil.

— On peut dire que tu as mis le feu aux poudres, chuchota Loïc. Guillaume comptait sur toi pour Nabu.

— Il a Gérald, ou Terry.

— Des tyrans comme toi, on n'en fait plus, pouffa Lucie en se mêlant à la conversation. Je donnerais cher pour incarner Douchka, ta femme esclave qui te mène par le bout du nez.

— Rêve ! grogna Stan.

Au même moment, Guillaume Richelme intervint :

— Nous allons faire une lecture et essayer diverses scènes. Prenez le texte de la pièce.

Chacun a bien le sien ? Je vous avertis : ce ne sont que de simples recherches préalables… Voyons le premier acte, la scène quatre. Le face-à-face du roi et de la reine. Vous y êtes ?

Son regard plana au-dessus des spectateurs à la recherche de deux comédiens.

— Stanley, dit-il, tu seras Nabu.

Stan, furieux, entendit le rire étouffé de Lucie.

— Toi, Lucie, tu veux bien faire Douchka ?

La jeune fille se mit à rire ouvertement, imitée par Loïc et leurs amis.

— Pourquoi moi ? râla Stanley.

Guillaume s'avança jusqu'au bord de la scène, les poings serrés :

— Je te rappelle qu'il ne s'agit que de repérer les personnages, pas de distribuer les rôles. Alors, veux-tu avoir l'extrême gentillesse de nous aider ?

Stan s'exécuta de mauvaise grâce. Il négligea la main de Lucie qui cherchait la sienne. La comédienne, petite et frêle, contrastait avec la stature imposante de son partenaire. Une fois sur scène, ils ouvrirent leurs exemplaires et commencèrent la lecture :

LE ROI : Douchka, m'as-tu obéi ?

LA REINE : Oui, sire, j'ai exécuté scrupuleusement ce que Votre Grandeur m'a ordonné.

LE ROI : Voyons cela !

Lucie tendit un parchemin imaginaire que Stanley parcourut des yeux.

LE ROI : C'est bien la liste des condamnés ?

LA REINE : Les soixante-douze coupables que Votre Grandeur m'a demandé de démasquer et de livrer au bourreau.

LE ROI *(stupéfait)* : Mais tous ces hommes ont déjà été exécutés !

LA REINE *(candide)* : C'est exact, sire, toutefois leurs crimes étaient si abominables que j'ai estimé qu'ils devaient subir deux fois leur châtiment.

LE ROI *(pensif)* : Je n'y avais pas pensé, mais c'est logique. Je constate que mes leçons ont porté : la clémence est le pire vice de la royauté.

Les spectateurs éclatèrent de rire, et Stan, pris par son rôle, se piqua au jeu pour le plus grand plaisir de la salle.

À la fin de la scène quatre, Guillaume interrompit les comédiens :

— Stop ! L'essai est concluant. Vous êtes tous les deux parfaits pour les rôles. Toi, Lucie, évite de rire. Tu as beau manipuler le tyran à ta guise, tu redoutes ses colères. Tu ne dois pas montrer que tu te joues de lui.

— C'est Stan ! C'est sa faute, il est si drôle ! soupira la jeune comédienne.

« Drôle, effectivement, pensa Stanley. Je me suis fait piéger une fois de plus ! »

Chapitre 4

Jusqu'à trois heures du matin, Stan avait travaillé ses cours de maths, de bio, de physique et de français pour avoir le temps de faire une longue balade à cheval le week-end suivant. Malgré son manque de sommeil, il n'éprouvait pas de fatigue. Dans les rues, l'air frais de novembre le fouettait agréablement. Comme il était en avance, il s'assit à la terrasse d'un café.

— Vous n'êtes pas frileux ! constata le serveur.

Stan était vêtu seulement d'un jean et d'une chemise de lainage.

— Il fait bon, dit-il en s'étirant.

— C'est vous qui le dites ! grommela le serveur, mécontent de sortir de la douce chaleur du bar.

Peu après, deux filles, emmitouflées dans des manteaux identiques, vinrent s'attabler à côté de Stan. Elles étaient jeunes, mignonnes et enjouées. Aussitôt, il imagina qu'elles se moquaient de lui, et il se hérissa. Il dissimula son visage derrière le journal du matin. Puis il avala son café, régla sa consommation et partit sans un regard pour ses voisines. Leurs rires stupides avaient gâché une journée qui s'annonçait si bien.

L'Art School lui fit l'effet d'une prison.

— Tu en fais, une tête ! s'exclama Loïc.
— Je suis crevé !
— Toi ?
— J'ai bossé toute la nuit… Maths, bio, physique, français…
— Il y a des exercices plus agréables, confia Loïc avec un air mystérieux.
— Beaucoup plus passionnants, chantonna Lucie, hissée sur la pointe des pieds pour lui faire la bise.
— Suis-moi, commanda Loïc.

Stan obéit en traînant les pieds. Devant la porte du petit théâtre attendait Henry Huerman, le nouveau prof de théâtre.

— Stanley ! Tu es en avance, c'est bien. Je voulais te parler d'un projet. Je pense qu'il va t'intéresser.

Stan sourit. Huerman, assistant de Guillaume Richelme et de Pierre Malherbe, était un jeune acteur dont il appréciait l'intelligence et le talent. Ils entrèrent tous les quatre. Les étudiants s'installèrent sur les fauteuils du premier rang. Huerman, lui, s'assit en tailleur sur la scène, face à eux.

— Connaissez-vous *La fiancée du diable* d'Arthur Cunningham ? demanda-t-il.

Stan acquiesça :

— Je l'ai lu : l'œuvre est au programme.

— Un rôle dramatique, ça te plairait ?

— Et comment ! Mais j'ai déjà trois rôles écrasants : Falstaff, Nabu, Harpagon... Un de plus, et je meurs !

— Si je te trouvais un remplaçant pour Harpagon, par exemple ?

Stan sourit :

— Ce n'est pas de refus.

Sa morosité avait disparu. Dès la première lecture, il avait été emballé par *La fiancée du diable*, une histoire d'amour poétique qui ne versait jamais dans la mièvrerie propre au romanesque. Bien que vieille d'un demi-siècle, l'écriture était toujours très actuelle.

— Ah, voici la troupe ! s'écria Huerman.

Stan vit entrer Lionel, Tom, Julie, Sara et Aurelia. Cette dernière était vêtue d'un collant noir et d'une légère robe de laine de même couleur qui épousait son corps. Ses cheveux blonds détachés tombaient jusqu'à sa taille. Cette simplicité la rendait encore plus attirante, et Stan, qui fuyait sa présence par timidité, ne put détacher les yeux de sa délicieuse silhouette.

Voyant son regard insistant, Aurelia lui fit un signe amical, auquel il répondit gauchement avant de se retourner vers Loïc et Lucie. Ses amis guettaient sa réaction avec un petit sourire. Aurelia ! C'était cela, leur complot. « Qu'ils aillent au diable ! » pensa-t-il avec humeur.

— Je sens que nous allons faire tous ensemble du très bon travail, jubila Huerman.

Il parlait de son métier avec une passion qui lui donnait parfois un air d'adolescent.

— Aurelia, tu seras parfaite pour le rôle d'Élisande : belle, lointaine, éthérée...

— C'est tout moi ! dit la comédienne en riant.

— Lionel, tu seras le capitaine Rog.

Le jeune étudiant approuva :

— J'ai commencé à travailler le texte.

— Pas trop, recommanda Huerman. Nous devons commencer par approfondir le caractère des personnages avant de nous lancer au galop.

— Ce n'était que du trot, répliqua Lionel.

— Toi, Stanley, continua Huerman, je te vois bien dans la peau de Sigurd, le guerrier fou, terrassé et guéri par Élisande, la femme-fée.

Stan exprima son désaccord :

— Énimor, l'émissaire du diable, plutôt. Ce personnage cynique et sarcastique me plaît bien.
— Tu ne voulais pas changer d'emploi ? s'étonna Huerman.
— Énimor est très différent des rôles qu'on me colle habituellement : un être sournois, dangereux, diabolique.
— Sigurd a plus d'épaisseur. Il est ambigu, à la fois tendre et violent.
— Un amoureux, grogna Stanley. Vous croyez que c'est mon emploi ?
— Pourquoi pas ? Un comédien doit pouvoir incarner tous les rôles, ou pour le moins essayer.
— Il faut que je réfléchisse, dit Stan d'un air buté.

Huerman hocha la tête :
— En attendant, je vais demander à Guillaume s'il peut alléger ton travail.
— Attendez, vous n'êtes pas à une journée près ! Je vous donnerai ma réponse demain.

Huerman lui jeta un regard ironique :
— Tu ne serais pas en train de jouer les stars, par hasard ?
— Je ne sens pas le rôle.
— OK, relis la pièce ce soir, capitula le jeune assistant. Nous en reparlerons demain.

Conscient d'être un objet de curiosité, Stan quitta aussitôt le théâtre. Une fois dans le couloir, il entendit des pas légers derrière lui. Il crut que c'était Lucie. « Elle va me demander pourquoi j'ai refusé un si beau rôle », pensa-t-il. Il se retourna, agacé, et se trouva face à Aurelia.

— Tu devrais accepter, dit-elle d'une voix douce. Sigurd est un rôle magnifique.

Il sourit, sarcastique :

— Franchement, tu me vois dans la peau d'un amoureux ?

Elle le dévisagea, déconcertée. Puis elle murmura :

— Un soupirant transi, non, sans doute. Mais Sigurd est un guerrier. Rude, barbare, brutal...

— Et toi, une créature de rêve. La belle et la bête... Peut-être avec un masque ?

— Un masque ?

Elle le regarda avec une insistance qui le mit mal à l'aise :

— Tu ne t'aimes pas, on dirait !

— Pas tellement.

« Ou alors je t'aime trop », ajouta-t-il intérieurement. C'était la vraie raison pour laquelle il avait refusé le rôle. La prendre dans ses bras sous le regard de tous alors qu'il se trouvait déjà héroïque d'avoir pu discuter avec elle sans baisser les yeux ! Poussant l'audace, il proposa :

— Tu ne veux pas boire un café ?

Elle eut une moue charmante :

— Il faut que j'y retourne. Pense à Sigurd, promis ?

« Je ne penserai qu'à ça, se dit-il. Combien de garçons se damneraient pour l'embrasser en public, ou dans l'intimité ? Et moi, triple idiot... »

Sur le chemin de la cafétéria, il s'arrêta net : dans une salle d'étude, il vit Aude, assise, solitaire, la tête entre les mains, ses cheveux voilant son visage, vivante image de la détresse. Il entra et s'installa en face de la jeune fille :

— Encore des ennuis avec la danse ?

Elle gonfla les joues :

— Non, c'est ma dissert d'histoire. Je n'en ai jamais fait.

Il la regarda d'un air sceptique :

— Bensimon ne vous a pas enseigné la technique ?

— D'abord, dans une école artistique, on ne devrait apprendre que des matières artistiques ! s'emporta-t-elle. Les maths, la physique, la chimie, à quoi ça sert, tu peux me le dire ?

Il expliqua, professoral :

— À décrocher le bac, par exemple. Certains métiers, comme prof de danse, exigent certains diplômes...

— Mais moi, je veux être une artiste. Point final !

Stan repoussa une mèche de cheveux qui tombaient sur les yeux de la jeune fille :

— L'artiste veut-elle que je l'aide à faire sa dissert ?

Elle le regarda avec espoir :

— C'est vrai ? Tu as le temps ? C'est duraille, tu sais ?

Il sourit, amusé :

— Si duraille que ça ?

Elle fouilla dans ses papiers :

— Commentez ce mot de Talleyrand : « L'histoire, la conjuration universelle du mensonge contre la vérité ».

— Tu tombes bien ! plaisanta Stanley. Je suis champion toutes catégories de la dissertation... D'abord, tu vois, il faut définir à quelle histoire fait allusion Talleyrand : celle que les hommes font ou celle qu'ils écrivent. Et il faut savoir qui parle : le politique ou l'historien...

Après avoir expliqué à Aude le fond du problème, il traça rapidement le plan du devoir. Et comme elle écoutait sagement sans faire le moindre commentaire, il commença à rédiger l'introduction.

— Tu as ton bouquin d'histoire ? demanda-t-il quand il eut terminé.

Elle lui tendit son manuel en disant :

— Tu es vachement sympa, tu sais.

— Tais-toi, paresseuse !

Autant il s'était montré maladroit devant Aurelia, autant il était à l'aise avec Aude.

— Il te faut plus d'infos sur Talleyrand. Je chercherai chez moi. Toi, tu vas filer à la bibliothèque.

— Je cherche quoi, une biographie ?

— Une encyclopédie suffira, dit Stan. Prends des notes sur sa vie. Demain matin, viens de bonne heure, on travaillera ensemble.

— J'aime bien travailler avec toi, murmura-t-elle.

Pas dupe de sa comédie, il fit la grosse voix :

— N'essaie pas de m'attendrir. C'est la première et la dernière fois que je t'aide. Si tu n'assimiles pas la méthode, la prochaine fois, je te regarderai te noyer.

— Oui, monsieur.

Son air de gamine ne trompait pas. Elle n'était pas si naïve. « Très douée comme comédienne », pensa Stan.

Il lui planta un baiser sur le front :
— À demain !

Chapitre 5

La mère de Stanley, Inès Grimaldi, était une belle femme qui ne paraissait pas son âge. Certains jours, lorsqu'elle était reposée, on lui donnait trente ans. Cependant, Inès se reposait rarement. Chanteuse d'opéra, elle passait sa vie à voyager dans le monde entier. Yvan, le père de Stan, était chanteur, lui aussi. Leur métier les obligeait à s'absenter souvent. Parfois – rarement – ils voyageaient ensemble.

– Stan, t'ai-je prévenu que je partais en tournée ? demanda Inès. Naples, le San Carlo, Venise, la Fenice ; Prague, Salzbourg, Cologne... Tout un mois. Maria prendra soin de toi.

Maria vivait avec eux depuis la naissance de Stan. Elle était douce, discrète et attentionnée.

Stan regarda sa mère avec un mélange de tristesse et d'attendrissement. Sa façon de prononcer les noms de ces lieux prestigieux, le San Carlo, la Fenice, aurait pu paraître prétentieuse, mais c'était le style des divas, comme leur manière de gonfler la poitrine et de hausser le menton.

Elle fronça les sourcils :

— Qu'est-ce que tu regardes ?

— Tes cheveux.

Inès était fière de sa chevelure d'un noir de jais, longue et fournie, qui la dispensait de postiche. Elle lui avait inspiré son prénom espagnol. En réalité, elle s'appelait Marthe. Trop banal pour la scène !

Yvan, lui, était grand, blond, avec de larges épaules et des pommettes hautes de hussard polonais. Stan tenait de lui sa carrure, pas son visage lunaire. Yvan était beau.

Plus attentionné qu'Inès, il fit semblant de s'intéresser aux études de son fils :

— Comment ça va, à l'Art School ?

— Bien. Je travaille une nouvelle pièce, *Le roi des carpes*.

— Et le chant ? demanda Inès.

Stanley avait une belle voix de basse. Pour ses parents, il était acquis qu'il serait chanteur. Lui préférait le métier de comédien.

— J'ai cours tout à l'heure.
— Qui est ton professeur ?
— Felippe Garcia Montenez.
— Connais pas !

C'était la quatrième fois que sa mère lui posait la question. Elle entendait le nom et l'oubliait aussitôt.

— Il mesure un mètre soixante. On l'a surnommé le grand d'Espagne, dit Stan.

Yvan éclata d'un rire sonore. Il avait du coffre, comme on disait à l'opéra. Inès resta de marbre : on ne plaisantait pas avec l'art lyrique !

Stan se hâta de quitter les deux grands artistes qui dispensaient trop de conseils et pas assez d'affection. Dans la cafétéria de l'académie, à cette heure très matinale, il trouva les deux appariteurs, Jo et Texas, le comptable, Martha Ferrier, et Aude, studieusement penchée sur son brouillon. Stan le lui arracha :

— Montre un peu !
— Pas de bisou, ce matin ? demanda-t-elle, surprise par cette irruption brutale.
— Ça se mérite !
— Et puis quoi encore ?

Sans lui prêter attention, Stan parcourut son devoir, certain de le trouver criblé d'erreurs et de maladresses. Ce fut tout le contraire : Aude écrivait bien. Elle avait respecté son plan et assimilé la matière de la dissertation : la personnalité de Talleyrand et les exemples historiques à l'appui de son jugement.

Quand il eut terminé sa lecture, il posa sur Aude un regard inquisiteur. Elle s'inquiéta :

— Ça ne va pas ?

Il hocha la tête :

— C'est excellent. Tu l'as fait toi-même ?

— Non, avec toi.

Son sourire malicieux l'amusa, ainsi que sa façon de s'écrouler sur la table, langue pendante, en gémissant :

— J'ai travaillé jusqu'à minuit !

Il fit mine de partir :

— Bien, tu n'as plus besoin de moi.

— Attends !

Elle posa sur lui un regard candide, et il s'aperçut soudain qu'elle avait fait un effort pour être jolie : un ruban bleu, couleur de ses yeux, retenait ses cheveux, dégageant son visage délicat. Sans être une beauté, elle avait du charme. Son corps mince avait un maintien gracieux que seule la danse donne aux filles.

— Tu veux qu'on déjeune ensemble à midi ? proposa-t-elle.

« Remerciement ou tentative de séduction ? » songea-t-il en souriant intérieurement. Bien qu'elle n'eût que trois ou quatre ans de moins que lui, il la considérait comme une gamine. Ses longs doigts aux ongles rongés jouaient nerveusement avec son stylo.

— On pourrait discuter, ajouta-t-elle.

Il se rassit et demanda avec ironie :

— De quoi ?

— De l'Art School, des profs, du théâtre. Je t'ai vu jouer. Tu étais formidable. Comment tu fais pour avoir autant d'assurance ?

— J'oublie qui je suis. Je deviens un personnage au lieu d'être un lutteur à tête de citrouille.

Elle éclata de rire en secouant la tête. Dans cet accès de gaieté, son ruban se détacha. Elle le remit en place maladroitement. « Une petite danseuse de rien du tout, pensa-t-il avec une brusque bouffée d'affection. Elle pourrait être ma jeune sœur. »

— Tu n'as pas une tête de citrouille, affirma-t-elle avec conviction.

Pour éviter de parler davantage d'un sujet qui lui déplaisait, il fit dévier la conversation :

— Comment va la danse ?

— C'est dur, mais j'adore ça !

Son air têtu réjouit Stan :

— Danseuse, c'est ce que tu veux être ?

— Ou chanteuse, si je ne réussis pas.

Il ne put s'empêcher de la taquiner :

— Si je comprends bien, les chanteuses sont des danseuses ratées.

Elle leva les yeux au ciel :

– N'importe quoi !
– Tu dois avoir une jolie voix ?
– Bof !
– Qu'est-ce que tu aimes chanter ?

Elle fit la moue :

– Un peu tout : Norah Jones, Stacey Kent, Mary Blige...
– Chante-moi quelque chose.

Elle jeta un regard effrayé vers les étudiants qui commençaient à envahir la cafétéria :

– Ici ? Tu es dingue !
– Mais si, allez, *I can love you*... Je t'annonce !

Il se leva. Elle s'accrocha des deux mains à son bras :

– Si tu fais ça, je te tue !

Il se rassit en riant :

– Dommage ! La cafét est sinistre, aujourd'hui.

Elle se renfrogna :

– Tu as fini de te moquer de moi ?

Comme elle tripotait toujours son stylo, il conseilla :

– Tu devrais arrêter de te ronger les ongles.

Elle les cacha aussitôt et souffla avec agacement :

– Je ne sais pas si je vais déjeuner avec toi !
– Tu pourrais avoir de jolies mains, si tu voulais.

À cet instant, Stan aperçut Lucie et l'appela. Les deux comédiens se firent la bise, puis Stan présenta Aude :

— Elle est en première année, option danse. Que penses-tu d'elle pour jouer Aubépine, la petite princesse folle dans *Le roi des carpes* ?

— Je ne suis pas comédienne, protesta Aude.

— Oh que si, dit Stan.

Aude secoua la tête avec énergie :

— La princesse folle... C'est toi qui es fou !

— Pas tant que ça, dit Lucie en examinant la jeune danseuse.

— Je ne pourrai jamais, et puis je n'ai pas le temps ! s'affola Aude.

— Elle sera parfaite, décréta Lucie.

Stan acquiesça :

— Je vais parler d'elle à Guillaume.

Ils laissèrent Aude désemparée pour se rendre en classe de chant.

— Où l'as-tu dénichée, cette petite ? demanda Lucie avec curiosité.

Stan prit l'air indifférent :

— Je l'aide à faire ses devoirs. Je ne pensais pas à elle pour le rôle, l'idée m'est venue subitement.

— Des leçons particulières ? Quel dévouement ! le taquina Lucie.

Ce ton sarcastique lui déplut au point qu'il ne desserra plus les lèvres jusqu'au troisième étage.

Felippe Garcia Montenez, juché sur des chaussures à hauts talons, faisait penser à un danseur de flamenco. Sous ses airs farouches, c'était un homme d'une exquise gentillesse, et un bon professeur. Ils répétèrent les chœurs du film *Persépolis*, puis Aurelia chanta *La ballade des dames blanches*.

— Tu ne trouves pas que cette fille a quelque chose d'immatériel ? glissa Stan à l'oreille de Loïc.

— Qui ça, Aurelia ? murmura Loïc. Elle est très belle, c'est sûr. Quant à être immatérielle, comme tu dis, c'est une autre histoire. Il paraît que, sous ses airs angéliques, elle est plutôt charnelle. Tu n'as qu'à demander à Alain.

— Quel Alain ?

— Gerbert, Alain Gerbert. Désolé de te briser le cœur, mais elle sort avec lui.

Stan prit l'air détaché, cependant, au fond de lui, il était plein d'amertume : ce Gerbert, musicien sans talent, était mignon et insipide. Dur d'imaginer ce pâle personnage en compagnie d'Aurelia !

Il errait dans le couloir comme une âme en peine quand elle vint à sa rencontre :

— Tu as réfléchi ?

Troublé, et furieux de l'être, il la regarda sans comprendre.

— Sigurd!

Il se frappa le front :

— Excuse-moi... Je crois que je vais accepter le rôle.

Elle lui fit cadeau d'un sourire éblouissant :

— Je suis heureuse, tu ne peux pas savoir !

« Tu parles ! » grommela-t-il en la regardant disparaître pour rejoindre son amoureux.

Chapitre 6

Contrairement à ses craintes, Stan s'habitua vite au rôle de Sigurd. À force d'imaginer Aurelia dans les bras d'un autre, il la trouvait curieusement plus proche. Elle cessa d'être à ses yeux la créature céleste qu'il n'aurait pas osé effleurer du bout des doigts. Quelques jours auparavant, il évitait de lui faire la bise. À présent, il l'embrassait au théâtre sans difficulté. Et si leurs scènes d'amour le troublaient, il se servait de ses émotions pour enrichir son personnage de guerrier sauvage au cœur tendre.

Dès la deuxième répétition, Huerman félicita les deux jeunes comédiens. Aurelia taquina son partenaire :

— Tu vois, ce n'était pas si terrible !

Elle avait beau déployer son charme, il ne se faisait aucune illusion : si elle admirait le comédien, elle n'éprouvait aucune attirance pour l'homme. Savait-elle à quel point il était amoureux d'elle ? Il ne s'était jamais trahi, mais les filles devinaient ces choses-là. Sa façon de l'admirer, de l'étreindre, de la regarder chanter... Oui, elle le savait ; elle en jouait. Le pire, c'est qu'il ne pouvait plus se passer d'elle.

Il apprit qu'elle devait chanter dans une courte séquence de *Notre-Dame de Paris* de Ted Novak, un ancien de l'Art School. Aussitôt, il se précipita chez Laure Visconti, qui cherchait une basse pour incarner Quasimodo. La prof de chant fut surprise : elle savait Stanley accaparé par le théâtre. Il insista ; elle céda.

Le premier jour, il attendit Aurelia et fut consterné d'apprendre qu'elle avait renoncé au rôle d'Esmeralda au dernier moment. C'était Eva Torrès qui la remplaçait. Stan détestait cette fille hautaine, qui lui rappelait sa mère dans ses plus mauvais jours.

— Stanley, comme on se retrouve !

Son débordement d'enthousiasme sonnait faux. « Comme sa voix ! » grogna Stan, injuste.

— Comment vont Inès et Yvan ?

Eva avait rencontré ses parents une seule fois, et sa façon de faire comme s'il existait entre les deux chanteurs et elle, future diva, une étroite intimité agaçait Stan au plus haut point.

— Ils sont en vadrouille !

— On m'a dit ça : le San Carlo, la Scala, la Fenice...

En énumérant ces opéras, elle prenait le même ton insupportable qu'Inès. Il allait lâcher une remarque blessante quand Laure se joignit à la conversation :

— Au fait, j'ai oublié de te demander des nouvelles de tes parents.

— Vous en saurez plus que moi en lisant les journaux, répondit-il d'un ton bourru.

Laure était un bon professeur. Elle possédait les trois versions enregistrées de la comédie musicale, et elle les commentait pour guider les chanteurs. Stan fut tout de suite dans le ton, contrairement à Eva, qui n'en faisait qu'à sa tête et se cabrait à chaque critique. Pour couronner le tout, Marc Bridat, le ténor qui incarnait le capitaine Phébus, avait une voix faible, couverte par le timbre puissant de Stanley.

Entre les trois partenaires, la guerre ne tarda pas à se déclarer.

« Aurelia, je te maudis ! » pensa Stan, fourvoyé dans une comédie musicale qu'il n'appréciait pas, parmi des chanteurs qu'il jugeait ridicules.

Par chance, au bout de trois répétitions, Eva, qui avait fait de réels progrès, proposa :

— Si on présentait le spectacle tout entier devant le jury de fin d'études ?

Devançant les objections de Laure Visconti, Stan sauta sur l'occasion :

— Trouvez un autre Quasimodo : j'ai trop de travail pour me lancer dans un spectacle aussi ambitieux.

— Comme tu voudras, dit Eva, vexée. Tu n'étais pas à la hauteur, c'est bien de le reconnaître !

En quittant la salle, Stan bouillait de rage. Néanmoins, satisfait d'être débarrassé de ses partenaires, il aurait fini par se calmer si Marc n'avait lancé une plaisanterie pour amuser la galerie.

— Tu es injuste, Eva, dit-il d'une voix forte : Stanley était un parfait Quasimodo, lourd, laid et braillard. Il ne lui manquait que la bosse.

Fou furieux, Stan empoigna le ténor d'une main et le souleva du sol :

— C'est à toi qu'il manque une bosse !

En voyant le chanteur gigoter de façon pitoyable au bout du bras robuste de Stan, les étudiants, qui se pressaient dans le couloir, éclatèrent de rire.

Alertée par le chahut, Laure Visconti sortit de la salle de chant et demanda ce qui se passait. Stan lâcha aussitôt son adversaire, qui s'étala piteusement. Puis il tourna le dos et fonça vers l'escalier. Aurelia lui glissa au passage :

– Dire que j'ai failli avoir le rôle d'Esmeralda ! Je l'ai échappé belle !

Il l'ignora.

Tremblant de colère, il sortit de l'académie et alla se promener à grands pas dans le parc des Buttes-Chaumont. L'air glacé l'apaisa. Il rêva un long moment au bord du lac avant de regagner l'école.

La plupart des étudiants étaient en cours. Il parcourut les couloirs. Devant une salle du troisième étage, il entendit chanter *Killing me softly* de Robert Flack. La voix était si belle qu'il ne put se retenir d'entrer. Ni Charlot, le pianiste de l'Art School, ni Sylvie Graham, la prof de techniques vocales, ne remarquèrent sa présence. Il s'assit parmi les étudiants et regarda, médusé.

Vêtue d'un jean et d'un sweat shirt Dark Vador, nonchalamment accoudée au piano, Aude chantait. Au bout d'un moment, elle se détacha de l'instrument et se balança bien en rythme. C'était beau à voir et à entendre. Lorsque la jeune élève se tut, Sylvie Graham la reprit sur sa prononciation et sa technique de respiration, puis elle dit :

– Continue.

Aude enchaîna avec *All my life* de Rick James. Stan, stupéfait, découvrait une chanteuse sûre d'elle à la place de la fille effarouchée qu'il connaissait.

Les dernières paroles de la chanson coïncidèrent avec la fin du cours. Stan s'avança.

— Tiens, un visiteur, constata Sylvie Graham. Le spectacle t'a plu?

Il regarda Aude:

— Tu m'as épaté!

Le visage de la jeune fille s'empourpra. Puis elle fronça les sourcils:

— Tu cherches à te faire pardonner?
— De quoi?
— On devait déjeuner ensemble!
— Nous deux?

Il savait fort bien ce qu'elle lui reprochait: hanté par Aurelia, il avait oublié sa promesse. L'avait-elle attendu?

— Tu as vraiment une jolie voix et une jolie manière de te mouvoir.

Pour masquer la rougeur de ses joues, elle lui tourna le dos et rangea ses partitions. Il l'entendit murmurer:

— N'en rajoute pas: tu es pardonné.
— Allez, viens, je t'invite, proposa-t-il.
— Maintenant?
— Il est midi. Tu as prévu quelque chose?

Elle se retourna, malicieuse:

— J'ai une dissert de français à finir, tu m'aideras.

— Tu es gonflée! grogna-t-il.

Elle éclata de rire:

— Je plaisantais !

Elle était prête. Il commanda :

— Mets ton manteau.

— On sort ? Cool ! s'exclama-t-elle.

Au petit pavillon, il acheta deux sandwichs et deux sodas, et la conduisit sur un banc du parc. Après leur pique-nique, elle eut droit à un interrogatoire en règle :

— Comment s'est passée ton audition ?

— *Le roi des carpes* ? Pas terrible !

— Je verrai Guillaume. Et la danse ?

Elle gonfla les joues :

— Olivia Karas est une vraie peau de vache !

— Et Joss ?

— C'est un amour. Mais mon style à moi, c'est le classique, pas le modern jazz.

— Alors, danseuse ou chanteuse ?

Elle enfouit son visage dans le col fourré de son manteau. Il entendit sa voix étouffée :

— Peut-être les deux... Chanter, danser...

— Pourquoi pas comédienne ?

Elle émergea de sa fourrure en riant :

— Moi, au théâtre ? Tu ne m'as pas vue !

— Non, mais je te vois dans la vie : tu joues très bien la comédie.

Elle plissa le nez :

— C'est méchant, ça !

Il opina :

— Je suis assez féroce, aujourd'hui.

Elle l'examina d'un œil critique : il avait beau se donner des airs de croque-mitaine, malgré son air farouche et sa carrure impressionnante, il n'y avait pas plus gentil à l'académie. Il portait son éternelle chemise de laine, dont il retroussait les manches. Elle s'étonna :

— Tu n'as jamais froid ?

À son tour, il regarda le nez rouge et le corps frissonnant de la jeune fille emmitouflée dans son manteau, et il eut pitié d'elle :

— Viens, on va boire un café.

Dans la cafétéria, il l'installa à une table et la servit. Aucun garçon de sa connaissance ne se comportait à son égard avec une telle délicatesse.

— Je veux que tu joues dans *Le roi des carpes*, dit-il.

Elle le dévisagea d'un air énigmatique. Il insista :

— Aubépine est un rôle magnifique, tu sais. Si la pièce est présentée au jury de fin d'année, elle pourrait te valoir des points d'avance, peut-être vingt ou trente !

Elle continua à le regarder en silence ; puis soudain, elle chuchota tendrement :

— Tu veux bien sortir avec moi ?

La demande était si inattendue qu'il fut stupéfait ; il ne put s'empêcher d'éclater de rire.

— Je ne vois pas ce qu'il y a de drôle, dit-elle à voix basse. Tu pourrais répondre gentiment ou ne rien dire du tout. Je sais que je ne suis pas un canon, mais je suis amoureuse de toi. Ce n'est pas une plaisanterie.

En la voyant au bord des larmes, prête à s'enfuir, il lui prit la main :

— Excuse-moi. C'était si... imprévu !

Sa brusque déclaration, loin de l'amuser, le bouleversait. Aude, si mignonne, si frêle, amoureuse d'un Quasimodo !

— Moi aussi, je suis amoureux, avoua-t-il avec mélancolie. Elle ignore à quel point, mais même si elle le savait, ça ne changerait rien. Il faut me pardonner, Aude, il n'y a pas de place pour une autre dans mon cœur. C'est stupide, pas vrai ?

— Elle a de la chance, soupira-t-elle.

— C'est toi qui as de la chance, tu ne te rends pas compte. Tu as quinze ans, tu es jolie comme un cœur, bourrée de talent. Tu vas rencontrer un garçon de ton âge, beau et romantique, au lieu d'un catcheur à tête de citrouille...

Sans le laisser terminer, elle se leva, toute raide, et lança :

— Pauvre mec !

Chapitre 7

— Je vais organiser une grande fête.
Maria regarda Stanley avec inquiétude :
— Ici ?
— Ici, oui, dans la maison et le jardin.
Maria poussa un soupir de résignation. Elle savait par expérience que, lorsque Stanley disait « grande », la fête en question risquait d'être grandiose. Cela signifiait qu'il allait bouleverser de fond en comble la maison de ses parents, absents durant quatre semaines.

Maria ne se trompait pas : Stanley avait prévu de mettre en scène la légende de *La belle au bois dormant* avec tout le faste voulu : palais, forêt enchantée et château ensorcelé. Du drame, il avait fait une histoire humoristique, au terme de laquelle les monstres triomphaient pour le plus grand plaisir de la princesse.

Lucie, Anne et Manon allaient jouer le rôle des bonnes fées, et Eva celui de la sorcière. Pour incarner la belle, Stan demanda à Aurelia. Elle accepta sans hésitation :

— Un vrai château, des gardes, un dragon ? Génial ! Mais qui sera mon prince charmant ?

Stan mit un doigt sur ses lèvres :

— Mystère ! En ce qui me concerne, je serai le dragon.

— Tu cracheras des flammes ?

— Et comment !

Il avait aiguisé sa curiosité. Restait à la séduire, le jour venu, car ce spectacle fou n'avait pas d'autre but. Pour réussir, il n'avait pas lésiné sur les moyens : Mike, le patron de l'atelier des décors, avait fourni d'immenses toiles peintes. Le buffet était somptueux. Quant au lit de la Belle au bois dormant, c'était un meuble gothique emprunté au magasin des accessoires du palais Garnier, dont le directeur était un ami d'enfance de Mike.

Stan avait demandé à Aurelia de mettre la longue et virginale robe blanche qu'elle portait pour incarner la fée Viviane dans *La dame du lac*, la pièce au cours de laquelle Stan avait été frappé par sa beauté, deux ans auparavant. La jeune fille avait fait la moue :

— À condition qu'elle m'aille encore !

Elle avait seize ans, à l'époque. Maintenant, elle en avait dix-huit, mais elle était toujours aussi mince et légère. Stan évita de lui en faire compliment. Il devait rester dans le ton de la farce qui lui permettait d'être à l'aise.

Trois jours avant la fête, il la sentit inquiète. Elle était pâle et avait du mal à sourire. On disait qu'elle avait rompu avec Alain Gerbert. Peut-être en éprouvait-elle du chagrin. Stan, mobilisé par les préparatifs, cessa de s'occuper d'elle. Il y avait cinquante-six invités, six acteurs et vingt figurants. Toute la promotion de dernière année, et quelques élèves plus jeunes. Stan avait proposé à Aude de participer au spectacle. Elle avait refusé : depuis sa déclaration d'amour et le refus de Stan, elle ne lui adressait pratiquement plus la parole. Il en fut déçu, mais se fit une raison : Aurelia serait là. Il comptait l'éblouir grâce aux effets spéciaux sortis de son imagination extravagante.

Le matin de la fête, les filles vinrent aider Maria à installer le buffet tandis que les garçons mettaient la dernière main aux décors. Aurelia devait arriver en avance. Stan l'attendait avec impatience. Elle fit téléphoner qu'elle était souffrante et incapable de jouer. Pour Stan, ce fut un coup terrible. Sans elle, la fête n'avait plus de raison d'être. Sa déception fut telle qu'il pensa que cette maladie soudaine n'était qu'un prétexte : elle avait deviné sa folle entreprise de séduction et refusait de se prêter au jeu.

Très abattu, il demanda à Lucie de remplacer Aurelia. Chloé ferait la bonne fée à sa place. Lucie courut chez elle et apporta une chemise de nuit de grand-mère et une couronne de roses blanches du plus bel effet comique. Ainsi, l'absence d'Aurelia passa inaperçue. La fête, magique, dura toute la journée. À la tombée de la nuit, Stan, déguisé en dragon, fit flamber le jardin grâce à un système ingénieux de feux de Bengale et de fontaines chinoises. Il participa ensuite au bal costumé, qui ressemblait plus à une fête des fous qu'à un ballet princier.

Stan dansa jusqu'à l'épuisement. Le cœur lourd, il contemplait ses décors et les acteurs, qui s'agitaient dans la cour du roi, avec l'impression d'un énorme gâchis. Il avait rêvé. Déterminé à éblouir et séduire, il n'avait fait qu'amuser. C'était sa destinée !

Le lendemain, il passa la journée à ranger. Mike vint récupérer ses décors, et le traiteur sa fausse argenterie. Le soir, Stan erra, désœuvré. Lucie était partie au bras de Loïc, son prince charmant. Il restait seul, dragon au feu éteint, incapable de dormir, sans forces pour travailler. Il attendit l'aube comme une délivrance.

Le lundi matin, à l'Art School, il chercha en vain Aurelia. Était-elle réellement souffrante ? Personne ne put le renseigner. Alain Gerbert se contenta d'écarter les mains en signe d'ignorance :

— Aucune idée !

Stan méprisa le débile qui avait eu la chance de tenir Aurelia dans ses bras et la bêtise de la laisser échapper.

L'absence de la comédienne eut une autre conséquence : elle obligea Henry Huerman à interrompre les répétitions de *La fiancée du diable*. Stan fit semblant d'être affecté par ce contretemps et proposa de rendre visite à Aurelia. De cette manière, il obtint son adresse et le numéro de son portable.

Il téléphona le soir même. Une voix douce semblable à celle de la jeune fille le trompa :

— Aurelia ?

— Non, c'est sa mère, Adeline Versini. Qui est à l'appareil ?

— Je suis Stanley Marchand, le partenaire d'Aurelia à l'académie. Je voulais prendre de ses nouvelles. J'espère que je ne vous dérange pas ?

— Aurelia est très malade, dit Adeline Versini d'un ton qui signifiait qu'effectivement on la dérangeait.

— C'est si grave que ça ? insista Stanley.

— Il s'agit d'une infection virale. Elle a

beaucoup de fièvre, et les antibiotiques sont sans effet. Nous attendons le résultat des analyses.

Stan abrégea la conversation après avoir demandé l'autorisation de rappeler pour prendre des nouvelles de la malade.

Pour se changer les idées, il se rendit au petit théâtre. On y répétait *Le roi des carpes*. Ses meilleurs amis étaient là : Lucie dans le rôle de Douchka, Loïc dans celui du bourreau, Anthony, Chloé, Chimène, Anne-Marie, Ali... Tous évoquèrent sa fête et lui firent part de leur émerveillement. Stan les écoutait d'une oreille distraite quand il aperçut Aude en train de discuter gaiement avec les autres comédiens. Le rire de la jeune fille cessa quand elle le vit approcher.

— Aubépine ? s'exclama-t-il.
— Il paraît !
— Pourquoi ne m'avoir rien dit ?
Elle haussa les épaules :
— Tu n'avais qu'à demander au prof.

Elle lui tourna le dos pour poursuivre sa conversation. « Toujours fâchée ! » pensa-t-il tristement.

Il faisait, depuis quelque temps, le même cauchemar : archéologue inexpérimenté, il mettait à jour les vestiges d'une ancienne civilisation. Sur les murs, des fresques représentaient de merveilleuses femmes, qui s'effaçaient au premier contact. Ce rêve était le reflet de sa vie.

Guillaume Richelme donna le signal de la

répétition. Oubliant ses préoccupations, Stan se montra très à l'aise dans le rôle du roi tyran. Lucie incarna à merveille la malicieuse reine Douchka. Aude, par contre, fut déroutée par la personnalité d'Aubépine, la princesse folle, que son amoureux avait abandonnée. Elle se montrait tantôt apathique, tantôt agressive, et Guillaume ne cessa de la harceler, au point qu'elle finit par fondre en larmes.

— Prenez une autre comédienne, balbutia-t-elle.
— Tu serais parfaite si tu m'écoutais, gronda Guillaume. Détends-toi, relis attentivement tes répliques. Analyse avec soin ton personnage. Tu es cruelle sans le savoir. Ton texte est impitoyable. Les mots suffisent, inutile d'en rajouter. Tu dois le dire avec une douceur extrême. Cependant douceur ne signifie pas mollesse. Tu comprends ?

À la fin de la répétition, Stan rejoignit la jeune fille, qui affichait un air désabusé.

— Si tu veux, on peut travailler le texte ensemble, proposa-t-il.

Elle secoua la tête :
— Ali va me faire répéter.

Stan fut dépité : c'était tout de même grâce à lui si elle avait décroché le joli rôle d'Aubépine ! Il faillit le lui faire remarquer vertement ; puis, se jugeant ridicule, il se contenta d'approuver :

— Je suis certain que tu vas y arriver.
— Pas moi ! lança-t-elle avec nervosité.

Chapitre 8

Stan téléphona chaque soir à Aurelia durant deux semaines.

L'état de la malade ne semblait pas s'améliorer. Un jour, au retour d'une leçon d'équitation, n'y tenant plus, il s'arrêta rue Siegfried. Les Versini habitaient, au n° 12, une grande villa entourée d'un jardin planté de marronniers. Il sonna. Une dame aux cheveux gris vint lui ouvrir et lui apprit que les Versini étaient absents. Comme Stan demandait des nouvelles d'Aurelia, la vieille dame prit un air attristé qui l'inquiéta.

– Puis-je la voir un instant ? la pressa-t-il. Nous sommes ensemble à l'Art School.

— Je sais qui vous êtes, dit la dame. M. et Mme Versini seront là vers midi. Repassez ou téléphonez.

Au même moment, un garçon d'une douzaine d'années surgit. Il était blond, déluré, vêtu à la mode des rockers californiens. Il portait un sac en bandoulière et partait visiblement pour l'école.

— Tu es un pote d'Aurelia ? demanda-t-il.

Stan acquiesça :

— Son partenaire au théâtre.

— Fais-le monter, Rosy, dit le garçon. Elle a besoin de se marrer un peu. Toujours enfermée dans le noir, elle va finir par devenir dingue !

Le garçon sortit en coup de vent. Quelques instants plus tard, ils entendirent tousser le moteur d'un scooter.

— Alexandre ! soupira Rosy avec un sourire indulgent.

Il était inutile d'être sorcier pour deviner qu'Alexandre était le jeune frère d'Aurelia, et Rosy, sa grand-mère. Cette dernière hésita, puis déclara :

— Je vais voir.

Stan patienta dans le hall pendant qu'elle montait à l'étage. Il en profita pour admirer un grand salon tout blanc dont quatre portes-fenêtres donnaient sur le jardin. Au bout de quelques minutes, Rosy reparut :

— Vous pouvez monter, chuchota-t-elle.

Stan avait espéré ce moment. Pourtant, la timidité lui coupa les jambes.

— Elle est encore faible, ne la fatiguez pas, dit la vieille dame.

La chambre d'Aurelia était plongée dans l'ombre. Stan fit quelques pas et trébucha sur une chaise.

— Je suis là, murmura la jeune fille d'une voix lasse. Approche.

Stan obéit. Ses yeux s'habituant à la demi-obscurité, il distingua le lit et la forme claire d'Aurelia.

— Comment vas-tu?

— La fièvre est tombée, mais cette maladie, c'est l'enfer!

— Tu souffres?

— Pas vraiment. Assieds-toi sur la chaise, là.

— Tu ne peux pas te lever? demanda-t-il en s'installant.

— Il est encore trop tôt.

— Tu as mal aux yeux?

— Non.

Soudain, Stan eut envie de voir celle qu'il aimait. Il se leva:

— C'est triste de rester dans le noir. Tu ne veux pas que j'ouvre les volets, juste un peu?

— Non! cria-t-elle.

Pour justifier sa réaction, elle ajouta:

— La lumière m'est interdite.

— Excuse-moi.

Durant le silence qui suivit, il prit son élan :

— L'Art School est triste sans toi, si tu savais ! On a abandonné *La fille du diable*.

— Désolée !

— Il n'y a pas de quoi : cette pièce, je l'avais acceptée pour te faire plaisir. Son interruption est un soulagement. J'aimerais jouer avec toi, mais autre chose. J'en ai marre, de ces grandes machines costumées et grotesques. Je rêve d'une pièce moderne : Pinter, Kastler, Armina, tu vois le genre. J'accepterais même un duo amoureux, une histoire de passion tragique. Tu connais *Le printemps, l'été et la suite* ?

— Je ne suis guère en état de jouer les amoureuses, soupira-t-elle.

Ils étaient à un mètre l'un de l'autre, et pourtant la voix de la jeune fille semblait venir de très loin.

— Je sais, murmura Stan, je dis ça… On peut rêver !

Comme elle se taisait, il ajouta :

— Quand je jouais Sigurd et que je devais te prendre dans mes bras, j'étais si troublé que je ne savais plus ce que je disais.

— C'est vrai ?

Il crut la voir sourire, mais ce n'était sûrement qu'une illusion.

— Ne me dis pas que tu ne t'en es pas aperçu !

Elle détourna la conversation :

— Et ta *Belle au bois dormant* ? Il paraît que c'était super. Tu ne m'en veux pas trop ?

— Si, terriblement, plaisanta-t-il. Les autres se sont bien amusés. Pas moi, j'étais triste et inquiet. Cette fête, en réalité, c'était pour toi, Aurelia.

Pour dissimuler son émotion, il ajouta :

— Tu aurais vu l'allure de Lucie en Belle au bois dormant avec sa chemise de nuit de grand-mère !

Le rire léger d'Aurelia inonda Stan de bonheur. Il continua sur le même ton :

— Moi, j'étais le méchant dragon. J'ai failli me cramer les miches avec mes feux de Bengale. Mon pantalon est troué. C'était l'habit de Méphisto de mon père. On va en voir de belles à la prochaine représentation de Faust !

Le rire d'Aurelia se libéra.

— À part ça, l'Art School se prépare à la visite annuelle de David Harris, avec sa meute d'agents et de chasseurs de talents. Il faut que tu sois là. Tu trouveras un engagement.

— Tu crois ?

— Tu es de loin la meilleure chanteuse, la plus belle…

— La plus belle…, répéta-t-elle avec amertume.

Voyant le bras blanc de la jeune fille sur le drap blanc, il ne put s'empêcher de lui prendre la main. Non seulement elle la lui abandonna, mais elle serra la sienne avec toute la vigueur dont elle était capable. Étrangement, cette pression bouleversa Stan plus que les baisers qu'ils avaient échangés sur scène.

À cet instant, la porte de la chambre s'ouvrit pour livrer passage à Mme Versini. Stan lâcha la main d'Aurelia d'un air coupable.

— Ne te fatigue pas trop, recommanda la mère d'Aurelia.

— Mais non, maman, dit la jeune fille, agacée.

Stanley se leva :

— Je vais te laisser.

— Déjà ?

— Je dois finir ma dissertation de philo et répéter *Le roi des carpes*.

— Reviens me voir.

— Quand tu veux.

— Demain, exigea-t-elle.

— Promis. Je serai là à onze heures. Tu n'as besoin de rien ?

— Si, de rire, soupira la malade.

— Je dois avoir ça en stock, dit Stan.

Adeline Versini le raccompagna à la porte. C'était une belle femme, très snob, assez hautaine. Elle détailla Stanley d'un œil critique. Visiblement, son jean troué, sa chemise de trappeur et ses rangers usés n'étaient pas à son goût. Ce qu'elle permettait à un gamin de douze ans était inacceptable de la part d'un comédien. « Il faudra bien qu'elle s'habitue ! » pensa Stan, amusé.

À l'Art School, il se trouva au milieu d'une révolution. Jean-René Dequin, le professeur de techniques instrumentales, surnommé à juste titre « Requin », avait insulté une jeune élève de première année. Comme ses amis prenaient sa défense, Dequin en avait exclu six de l'académie. Révoltés par cette injustice, tous les étudiants de première année avaient décidé de ne plus assister aux cours. Puis le mouvement avait gagné les classes supérieures.

— La chasse au requin est ouverte ! plaisanta Loïc.

Quand il eut compris ce qui se passait, Stan se gratta la tête, abasourdi :

— J'étais là hier. Cette émeute s'est produite en une matinée ?

— Une traînée de poudre ! confirma Lucie. Cette fois, Dequin a passé les bornes !

— Tu te rends compte qu'il a levé la main sur Audrey ? s'enflamma Chloé. Audrey, tu sais, la jeune musicienne…

Stan hocha la tête. Il connaissait les défauts du prof de musique, sa prétention, sa dureté, le plaisir qu'il prenait à humilier ses élèves. Il avait quitté l'académie durant un an. Puis il était revenu, nul ne savait pourquoi. Il s'était montré déloyal à l'égard de Martha. Ses qualités de musicien étaient contestées. Comment Jason, le directeur artistique de l'Art School, pouvait supporter un médiocre pareil ?

Le grand hall était houleux. Quelque deux cents étudiants s'étaient rassemblés, refusant de reprendre les cours. Le concierge, Douglas, regardait avec effarement ce phénomène sans précédent : une grève des étudiants !

Ni Jason ni Martha ne se montraient. Julie Gensac, Ludovic Magimel et Joss Roudinesco, après avoir tenté de raisonner les élèves, s'étaient éclipsés.

Soudain, un élève de deuxième année, Jérôme Blanco, surnommé Géronimo, épingla une proclamation sur le tableau d'information du hall. Celle-ci exigeait la réintégration des étudiants et le renvoi de Jean-René Dequin. Les étudiants, pressés autour de lui, applaudirent.

Alors, on vit surgir Requin. Sans doute avait-il déjà pris connaissance de la proclamation. Fou furieux, il fendit la foule avec de grands gestes brutaux, arracha l'affichette et la déchira. Comme les étudiants se moquaient de ce geste ridicule, il les bouscula. Une jeune étudiante tomba et se cogna la tête sur le sol. Stan sursauta en reconnaissant Aude.

Jusqu'à présent, il était resté neutre, plutôt réjoui de l'atmosphère contestataire de l'assemblée.

En voyant Aude à terre, il saisit le prof aux avant-bras et lui conseilla :

— Calmez-vous !

Ulcéré de cette atteinte à sa dignité, Requin se débattit. Stan resserra sa prise.

— Lâche-moi, vermine ! ordonna le professeur, au comble de la rage.

Stan sentit, à son tour, sa colère monter. Il serra les doigts encore plus fort et vit Jean-René Dequin grimacer de douleur.

Les étudiants étaient maintenant silencieux. Ils connaissaient tous la force de Stanley. Il était capable de soulever Requin et de le jeter hors de l'académie.

Aude s'accrocha à son bras :

— Laisse-le, je t'en prie !

Stan regarda la jeune fille et reprit ses esprits. Il lâcha le prof si brutalement que celui-ci trébucha. Requin commença par opérer une retraite prudente. Puis, de l'extrémité du hall, il tendit un doigt frémissant :

— Vous me le paierez, tous, je vous le promets !

Aude lança à Stan un regard inquiet :

— Il va te sacquer !

— Il y a des chances, reconnut Stanley au milieu des rires. Mais qu'est-ce que ça fait du bien !

Chapitre 9

— Tu lui as cassé la figure ? s'exclama Aurelia, incrédule.

— Pas vraiment, dit Stan. Ça, c'est sa version. Mais, tout de même, j'étais prêt à le balancer dans le parc. Il a eu peur.

— Bien fait ! C'est vraiment un pourri !

Au son de sa voix, on sentait qu'Aurelia était guérie. Pourtant sa chambre restait toujours dans l'ombre, volets clos et rideaux tirés.

Depuis une semaine, Stan lui avait rendu visite chaque jour. Parfois, il restait avec elle plusieurs heures, et il sentait que sa présence lui était nécessaire.

— J'ignore pourquoi ils s'obstinent à garder un individu comme Requin, dit-il. Un sadique qui prend son pied à rabaisser les élèves. Ce n'est même pas un bon prof !

— David Harris le protège, dit Aurelia.

— Le grand patron ? Tu charries !

— Je t'assure, c'est Laure Visconti qui me l'a dit un jour. Elle déteste Requin.

— Tout s'explique ! Mais je ne comprends pas comment un homme aussi intelligent peut être ami avec ce médiocre.

Il retroussa les manches de sa chemise.

— Tu ne veux pas qu'on ouvre un peu les volets ? On étouffe !

— Non, je t'en prie, murmura Aurelia.

— La lumière t'est interdite, c'est ça ?

— Non, c'est moi... L'infection m'a défigurée. Je ne suis pas belle à voir, tu sais.

Il s'assit au bord du lit, prit la main d'Aurelia et la porta à ses lèvres.

— Tu peux ouvrir les volets, souffla-t-elle.

— Tu es sûre ?

— Il faudra bien, tôt ou tard !

Elle lâcha ces mots avec résignation. En se levant, Stan songea à sa propre laideur. Celle d'Aurelia ne ferait que rendre la jeune fille plus proche de lui. Il pourrait lui avouer son amour sans crainte. Puis il chassa de son esprit cette pensée égoïste : il refusait de la voir souffrir.

Il ouvrit les volets et écarta les rideaux. La fenêtre était déjà ouverte. Un flot de lumière inonda la chambre. Il se tourna vers Aurelia. Elle était vêtue d'une chemise blanche, et pressait les mains sur son visage. Ses cheveux blonds lui recouvraient les épaules. Comme il s'approchait du lit, elle écarta les mains. Ses yeux étaient pleins de larmes. Elle avait minci et perdu son hâle doré. Son front et ses joues étaient couverts de boutons. Loin de l'enlaidir, sa maigreur lui faisait des yeux immenses. Il éclata d'un rire joyeux.

— Tu trouves ça drôle ? se fâcha-t-elle.

Il secoua la tête en continuant à rire :

— Excuse-moi, Aurelia, mais je m'attendais à te voir laide, et tu es belle, belle à mourir !

— Ces boutons, tu ne trouves pas ça repoussant ?

Il s'assit près d'elle, attendri par sa véhémence :

— C'est la fièvre, ou une simple réaction aux médicaments. J'ai eu la même chose il y a trois ans. Dans quelques semaines, on ne verra plus rien. Et, même avec cette éruption, tu restes fascinante.

Elle sourit à son tour :

— Tu sais que tu es gentil ?

— Non, j'aime les jolies choses, c'est tout.

Elle plaisanta :

— Donc, je suis une jolie chose... Un objet d'art, en somme.

— Inestimable.

Elle ne songeait plus à cacher son visage, et on voyait qu'elle avait retrouvé beaucoup d'énergie.

— Debout, paresseuse ! ordonna-t-il. Fais-moi visiter ce beau jardin que j'ai aperçu de loin.

— Ça, non !

Elle se cacha sous son oreiller. Il ne voyait d'elle que ses yeux.

— Tu devrais être à l'Art School.

— Avec un masque ?

Il songea que c'était, mot pour mot, ce qu'il avait dit quelques semaines auparavant en pensant cacher son propre visage.

— Si tu attends trop, on ne se verra plus, car on va me virer de l'académie.

— C'est si grave que ça ?

Il fit la grimace :

— Martha m'a convoqué.

— Mais c'est lui, cette brute, qui a commencé ! Il a fait tomber cette fille... Comment s'appelle-t-elle, déjà ?

— Aude.

— Aude, je me souviens... Tu es amoureux d'elle, non ?

Il haussa les épaules :

— C'est une gamine !

— Une jolie gamine.

Elle se moquait de lui. Il aurait bien aimé qu'elle soit jalouse, mais ce n'était pas le cas.

Elle avait repoussé l'oreiller et émergé des draps. Il admira ses épaules rondes et ses seins dessinés par la chemise étroite. Ce fut à son tour de la taquiner :

— Tu as de beaux restes !

— Tu n'as pas honte, Stanley Marchand ?

Elle se mit à rire, heureuse de se sentir admirée.

Il regarda sa montre :

— Il faut que j'y aille. Tu ne veux pas m'accompagner chez Martha, des fois ?

Sans attendre la réponse, il se pencha sur elle pour lui faire la bise. Il la sentit se raidir et, l'espace de quelques secondes, il crut qu'il la dégoûtait. Puis il comprit que c'était son éruption qui gênait Aurelia. Il prit son visage entre ses mains et lui effleura les lèvres avec une audace dont il se serait cru incapable, en murmurant :

— Là, il n'y a pas de boutons.

Chapitre 10

Aurelia fit son apparition à l'académie trois semaines plus tard, le lendemain du retour de Stan, sanctionné par Martha de vingt jours de renvoi.

Pendant leur absence, ils avaient répété ensemble, chaque matin, les scènes principales de *La fiancée du diable*, ainsi qu'un monologue tiré des *Pas perdus* de Denise Bonal. Ces exercices s'effectuaient dans la bonne humeur, et la stricte Adeline Versini, aussi bien que la douce Rosy, se félicitaient maintenant de la présence de Stan en entendant les éclats de rire d'Aurelia.

Lorsque le temps le permettait, les deux jeunes gens travaillaient dans le jardin. Aurelia reprenait des couleurs. Son visage perdait sa maigreur et ses boutons s'estompaient.

Le jour de son retour, un voile de fond de teint masquait ses dernières rougeurs. Ôtant son manteau, elle apparut mince et ravissante en minijupe et débardeur blancs. Ses amis l'entourèrent. Ils s'embrassaient et riaient. Stan resta à distance, le front collé à la verrière qui dominait Paris, anxieux de savoir si la jeune fille allait se comporter autrement à son égard après avoir retrouvé tout son pouvoir de séduction.

Il fut vite rassuré : dès qu'elle l'aperçut, Aurelia s'échappa du cercle de ses admirateurs et vint lui faire la bise.

— Qu'est-ce que tu fais là à rêver ? le houspilla-t-elle. On doit voir Guillaume pour *Les pas perdus* et Huerman pour *La fiancée du diable*.

Stan fronça les sourcils :

— Aujourd'hui ?

— Ne me dis pas que tu as oublié ! Tu devais les prévenir.

— On avait dit demain, non ?

— Tu te moques de moi ?

— Oui, reconnut-il.

Elle le bourra de coups de poing :

— Tu mériterais...

— C'est la forme, on dirait! constata-t-il en riant.

Les autres échangèrent des regards entendus, persuadés qu'ils sortaient ensemble. Stan en fut flatté. Pourtant, il n'y avait entre Aurelia et lui qu'une franche amitié. Pendant plus d'un mois de visites quotidiennes, il n'avait pas osé lui avouer son amour, sinon par des allusions détournées, qu'elle avait fait semblant de ne pas comprendre. Il craignait, en parlant trop directement, de briser la douce intimité qui lui procurait tant de plaisir. « Son amour viendra avec le temps », se répétait-il lâchement.

— Alors, on y va?

Elle le poussa vers le petit théâtre. Dans un angle de la scène, Guillaume Richelme écrivait furieusement sur un carnet noir. En les voyant entrer, il abandonna son stylo et sourit:

— Belle apparition!

— Merci, plaisanta Stan.

— Où en êtes-vous du monologue? demanda le professeur.

— *Le beau linge*, il avance, répondit Aurelia.

— C'est un texte superbe... Mais je croyais que tu voulais être chanteuse?

— Devant le jury de fin d'études, je présenterai aussi l'air de Norma avec le chœur. Vous n'y voyez pas d'inconvénient?

— Aucun, dit Guillaume. Tu as appris ton texte?

— Elle le sait par cœur, répondit Stan.
— OK, voyons ce que ça donne.

Aurelia rejoignit Guillaume sur scène sans une once de timidité. Le monologue n'était pas long, mais il exigeait une grande subtilité. Stan trouva que la jeune comédienne le disait bien. Ce ne fut pas l'avis de Guillaume.

— Tu «joues» beaucoup trop, commenta-t-il. Les mots sont émouvants par leur simplicité même. Ils rendent superflu tout excès de tristesse. Tu dois dire le texte d'une manière plus neutre, et surtout avec la lenteur voulue. De quoi s'agit-il ? Une femme reçoit une lettre qui l'informe d'un décès. Elle est triste, désemparée. Puis, machinalement, elle se met à ranger son linge dans une armoire. Son esprit s'évade pour revenir à son linge. «J'ai du beau linge». C'est la phrase récurrente. Il convient de lui donner tout son poids, soulignant la dérision des mots et l'égarement des pensées face au drame qui a eu lieu... En revanche, ton geste, quand tu tiens la pile de linge dans tes bras est excellent... Tu veux refaire un essai ? Le tout plus distant, donc. Presque impersonnel, tu vois ? Tu es sidérée d'avoir pu dire une chose pareille dans de telles circonstances.

Aurelia recommença ; Guillaume la reprit de nouveau. Elle réagissait positivement à ses critiques et tenait compte de ses conseils. Peu à peu, elle s'améliorait. Alors que Guillaume avait promis de leur consacrer vingt minutes, une heure plus tard, il travaillait encore, passionné par le texte de Bonal.

— Je sens que ça vient. Tu y es presque !

Les étudiants de deuxième année envahirent le théâtre ; c'était l'heure de son cours.

— Continue ! recommanda Guillaume.

Stan regarda Aurelia avec sollicitude :

— Tu n'es pas trop fatiguée ?

— Pas du tout, j'adore le théâtre !

— Et le chant, et la danse, je sais.

— Et la musique, le cinéma, la peinture, l'Italie, le chocolat, les frites, les roses blanches, Viggo Mortensen...

« Et moi ! » aurait voulu glisser Stan. Il se contenta de demander :

— Tu es bien sûre que tu vas supporter une autre répétition ? Le premier jour, ce n'est peut-être pas très prudent.

Elle prit un air farouche :

— Misérable mortel, douterais-tu des pouvoirs de la fiancée du diable ?

Dix minutes plus tard, Henry Huerman les reçut en salle 112 avec un plaisir évident, cependant ce fut pour leur annoncer une mauvaise nouvelle :

— J'ai cent cinquante élèves à préparer au concours de fin d'année. Nous ne pourrons pas répéter *La fiancée du diable* dans de bonnes conditions pour la présenter à cette occasion. On ne va pas pour autant l'abandonner, mais on la traitera comme un simple exercice. Je sais combien tu tenais à cette pièce, Aurelia. Hélas, nous avons perdu cinq semaines.

Aurelia fit une petite moue désolée à l'adresse de Stan :

— C'est ma faute !

— Ne regrette rien, dit Huerman. De toute manière, pour mener à bien cette pièce, quatre mois n'auraient pas suffi. Bien sûr, j'aurais pu choisir une autre comédienne pour te remplacer. J'y ai songé, et puis j'ai renoncé : tu étais la seule à pouvoir incarner Élisande telle que je la voyais.

— Vous croyez ? murmura Aurelia.

Elle avait pris un air modeste, mais on devinait qu'elle était ravie.

— Toi, Stanley, poursuivit Huerman, tu dois être soulagé : tu avais accepté le rôle de Sigurd contraint et forcé. Il te reste *Le roi des carpes*.

Stan fut obligé d'acquiescer bien qu'il fût effondré. *La fiancée du diable* était le seul moyen de travailler avec Aurelia chaque jour, de veiller sur elle, de la serrer dans ses bras...

Ses craintes se confirmèrent les jours suivants : Aurelia fut absorbée par son travail, et il souffrit de son absence. Répéter *Le roi des carpes* ne lui procurait plus le moindre plaisir, en dépit des compliments de Jason, qui ne manquait pas une répétition. Le directeur artistique finit par s'étonner de son manque d'enthousiasme.

— C'est une pièce que je n'ai pas choisie ! grommela Stan.

— Ça t'arrivera bien des fois, au cours de ta carrière, répliqua Jason. À moins que tu ne deviennes une star. Dans ce cas, tu feras la fine bouche. Je te le souhaite. Tu as du talent, Stanley, beaucoup de talent, malgré ton foutu caractère.

— Mauvais caractère, moi ?

— Qui a malmené M. Dequin ? Entre nous, tu t'en es pas trop mal tiré avec vingt jours de renvoi.

Stan serra les poings :

— Mieux qu'Audrey. La pauvre a été insultée, puis renvoyée définitivement pour une faute imaginaire. C'est Requin qu'on aurait dû balancer !

— Audrey reviendra l'an prochain, murmura Jason sur un ton confidentiel. Quant à M. Dequin, ce n'est pas certain.

Stan dévisagea le directeur artistique pour être sûr d'avoir bien entendu. Celui-ci lui adressa un clin d'œil, auquel le comédien répondit par un éclat de rire :

— Je crois que je vous aime, monsieur Masur.

— Tu as intérêt ! gronda Jason.

Stanley le quitta euphorique. Finalement, cette journée s'annonçait bien. Apercevant Aurelia, irrésistible dans un jean et un pull moulants, ses cheveux blonds tombant au creux des reins, il pensa : « C'est décidé, cette fois, je l'invite à dîner et je lui avoue que je l'aime ! »

— Ce soir ? C'est impossible, dit-elle.
— Demain, alors ?
— Demain non plus.

Comme elle le regardait avec une expression apitoyée, il se força à sourire :

— Dommage ! Excuse-moi, on m'attend.

Il se précipita dans l'escalier et se réfugia dans la bibliothèque. Là, il remâcha son humiliation. Avec son air d'amoureux transi, il s'était ridiculisé ! « Jamais plus ! » se jura-t-il. Peu à peu, il retrouva son calme. Penché sur l'ouverture de la verrière, il contemplait le parc. C'est alors qu'il la vit, tendrement enlacée par Hugo Henderson.

Une fois de plus, elle lui déchirait le cœur. Hugo n'était pas seulement beau et romantique. On le considérait comme un virtuose, le meilleur violoniste que l'Art School eût jamais formé.

Aurelia était peut-être volage, égoïste et cruelle sans le vouloir, mais il fallait reconnaître qu'elle avait bon goût !

Chapitre 11

— Je ne sais pas si je te l'ai annoncé : Jason Masur m'a prise dans sa compagnie.
— Alter Ego ?
Stan considéra Judith Tramoni avec sympathie. La jeune comédienne n'était pas jolie. Par moments, elle était même franchement laide, avec son grand nez, son menton fuyant et son corps osseux, mais il se dégageait d'elle une énergie et un rayonnement qui lui donnaient un charme très particulier.
— Je vais jouer dans *Échec au roi*.
— La distribution n'était pas terminée ? Je croyais même que les représentations avaient commencé.

— Je remplace Béatrice Valmont.

Stan siffla entre ses dents :

— L'actrice d'*Iphigénie* et de *Deux fantômes* ! Félicitations !

La nouvelle était d'autant plus surprenante que les deux comédiennes ne se ressemblaient en rien. Autant Judith paraissait tragique et violente lorsqu'elle était en scène, autant Béatrice était ravissante, fraîche et ingénue. Stanley en déduisit que Jason avait modifié le caractère et l'apparence physique de son héroïne.

— Moi, je vais jouer à Mogador, *Le songe d'une nuit d'été*, annonça Vincent Amadeo.

— Cool, dit Stanley.

— Je serai le Clair de lune, précisa Vincent.

Mimant la scène, il récita :

— Cette lanterne vous représente la lune et ses cornes...

Stan applaudit, puis il s'éloigna, en proie à une amère déception. Avec ses chagrins d'amour et toutes ses fantaisies, il avait été incapable de décrocher le moindre rôle professionnel, alors qu'un bon nombre d'étudiants, souvent beaucoup moins doués que lui, commençaient leur carrière. Alba Villecroze tournait dans *Errance*, le nouveau film de Serge Mailleret. Luc Alonzo et Michel Reggiani jouaient dans des orchestres, et Hugo Henderson donnait des récitals.

L'évocation du jeune violoniste augmenta sa tristesse. Le soir, il rentra chez lui dans un tel état d'épuisement que son père le remarqua. Inès et Yvan étaient rentrés depuis deux semaines. Fidèles à leurs habitudes, ils consacraient leur temps à leurs relations : amis, imprésarios, musiciens, techniciens, journalistes. Stanley tenait toujours aussi peu de place dans leur vie ; lorsque Yvan posa une main affectueuse sur son épaule et s'inquiéta de son air abattu, il fut touché par sa sollicitude.

— Je suis fatigué, avoua-t-il. Trop de travail et d'activités : l'escrime, l'équitation, le gymnase, le théâtre, deux pièces à répéter, les maths, la philo...

— Le travail ne t'a jamais déprimé à ce point, fit remarquer Yvan.

Stan admira le beau visage de son père, puis il pensa au charme méditerranéen de sa mère et se demanda d'où lui venaient sa face ronde et sa couleur citrouille. Il eut un sourire sans joie :

— Et, pour finir, un chagrin d'amour.

Yvan hocha la tête :

— Je la connais ?

— Je ne crois pas. Elle s'appelle Aurelia. C'est la plus jolie fille de l'Art School, et je suis l'étudiant le plus laid. Nous étions faits l'un pour l'autre, non ?

Après un instant de silence, Yvan demanda :

— Tu l'aimes ou tu la désires ?
— Les deux.
— Bien entendu, elle en aime un autre ?
— Comme il se doit. Le plus dur, c'est que nous avons vécu ensemble pendant un mois. En toute amitié, mais j'ai cru... Je suis idiot !

Yvan sourit :
— On est souvent idiot quand on est amoureux. Ça m'est arrivé tant de fois ! Dans notre métier, tu sais... Aussi, je comprends ce que tu ressens. Si j'ai un conseil à te donner, c'est celui-ci : utilise ta souffrance.
— L'utiliser ? De quelle façon ?
— En créant. Le malheur, la douleur, le désespoir sont plus productifs que le bonheur et le rire. La création ne te guérira pas, mais elle t'aidera à apaiser ton chagrin...

« Les chants désespérés sont aussi les plus beaux

J'en connais d'immortels qui sont de purs sanglots ».
— Je ne suis pas Alfred de Musset.
— Qu'importe ! Écris ton histoire d'amour. Transpose-la si tu ne veux pas qu'on sache ce qu'elle représente pour toi.
— Pourquoi pas ? soupira Stan.

C'était la première fois que son père essayait de le comprendre. Emporté par l'émotion, Stan le serra brusquement dans ses bras.

— Si tu as besoin de moi, n'hésite pas, dit Yvan. Je dois partir en tournée, mais ensuite, je resterai probablement à Paris tout l'été.

Stanley ne suivit pas tout de suite le conseil de son père. Après plusieurs nuits d'insomnie, il avait besoin de repos. Six jours s'écoulèrent avant qu'il ne se mette à écrire. Il noircit d'abord plusieurs pages, puis il fit un plan et construisit son histoire sous la forme d'une pièce en un acte.

Il s'agissait d'une scène de rupture tendre et déchirante. L'écriture lui fit du bien. Le lendemain, il relut son texte, y apporta quelques corrections et le trouva intéressant. Il l'intitula : *La fin d'une illusion.*

Il hésita avant de le montrer à Yvan. Celui-ci le lut avec lenteur et, à la fin, il le garda entre les mains, songeur. Au bout de quelques minutes, il finit par dire :

— Je sens du talent, beaucoup de talent.

L'émotion qui accompagnait le compliment de son père incita Stan à soumettre la pièce à Jason. C'était le genre de texte que réclamait le directeur artistique et que le jeune comédien rêvait d'interpréter.

Cependant, Stan tomba au mauvais moment : le bureau de Jason était encombré de manuscrits. Il prit celui de l'étudiant et le mit sur l'une des piles. L'air tendu, il annonça :

— Dans une semaine, comme tu le sais, David Harris, John Addison, Henry Stone et Franck Barruch viennent ici découvrir de jeunes talents. Cet examen débouchera sur des auditions. Je compte sur vous, sur toi en particulier.
— Je pourrai jouer *La fin d'une illusion*? demanda Stan, plein d'espoir.
— C'est ton projet? demanda Jason.
Stan acquiesça:
— Une pièce en un acte, courte mais intense. Deux comédiens seulement.
— Vous l'avez déjà travaillée?
— Pas encore, avoua Stanley.
Jason secoua la tête:
— Dans ce cas... De toute manière, j'ai déjà inscrit le dernier acte du *Roi des carpes*. David va aimer le personnage de Nabu et ta façon de l'interpréter, tu peux me faire confiance!

Stan ferma les yeux. Une semaine, c'était peu, Jason avait raison. Il aurait dû écrire *La fin d'une illusion* beaucoup plus tôt. Seulement, il n'était pas prêt. « Je n'avais pas encore assez souffert! » songea-t-il avec amertume.

Distrait, il heurta Aude en sortant du bureau.
— Hé! Grosse brute! s'écria-t-elle.

Elle était vêtue d'un collant noir, et il fut étonné de lui découvrir un corps de femme, menu, déjà fort bien dessiné. Il vit qu'elle boitait et s'inquiéta:

— Je t'ai fait mal ?

— Pas toi, pesta-t-elle. Au fait, si tu veux fracasser un nouveau prof, je te conseille cette peau de vache d'Armèle Janovitch !

Armèle, qui enseignait la danse contemporaine, était réputée pour sa sévérité et son acharnement à pousser les élèves jusqu'à la limite de leurs forces.

— Je suis si méchant ? demanda-t-il.

— Avec les profs, pas tellement. Avec les filles, par contre...

« Si elle savait ! » pensa Stan, mélancolique.

— Tu veux que je t'aide ? proposa-t-il en voyant la jeune fille chargée d'un sac trop lourd pour elle.

Elle poussa un grand soupir :

— Tu ne peux pas m'aider, Stan, tu l'as reconnu toi-même.

Il la regarda s'éloigner, perplexe. Comment une fille aussi jolie pouvait-elle s'entêter à aimer un balourd dans son genre ?

Brusquement, il lui vint une idée. Il avait prévu de réserver à Aurelia le rôle de Fanny, l'héroïne de *La fin d'une illusion*. « Pourquoi pas Aude ? » se dit-il.

Chapitre 12

Depuis quelques années, la visite des agents, des directeurs de casting et des réalisateurs, pilotés par David Harris, était devenue une des traditions de l'Art School. La présentation des talents avait lieu dans le grand auditorium, et, si l'ensemble des élèves pouvait y assister en dehors des heures de cours, seuls les étudiants de quatrième année avaient le droit d'y participer.

En attendant le début des représentations, David Harris discutait au milieu d'un petit cercle composé de ses neuf invités et des responsables de l'académie : Martha Ferrier, Jason Masur, Laure Visconti, Olivia Karas et Jean-René Dequin.

— Qu'est-ce qu'il fiche là ? s'indigna Loïc.
— Requin est un ami de David, précisa Stanley.
Yannick, « le batteur fou », ricana :
— Ça ne m'étonne pas : qui se ressemble s'assemble ! Ce David est d'un prétentieux ! Visez un peu : il ne répond même pas au bonjour des étudiants.
— Il a répondu au mien, dit Stan.
— Normal, un fayot comme toi ! dit le batteur.
— Tu es jaloux, ma parole ! s'exclama Lucie. N'empêche qu'il est vachement mignon, David !
— Moi aussi, je serais mignon avec trois millions de dollars !
— Il t'en faudrait beaucoup plus ! pouffa Anne.
— Il a hérité la fortune de son beau-père, Bénédict Kazan, avec tout ce qui s'y rattachait : le groupe industriel, la fondation, l'Art School, DKS, la société de production, expliqua Ray Genestar.
— DKS, c'est lui qui l'a créé, rectifia Milton. Et c'est grâce à lui qu'ont lieu toutes ces auditions et ces échanges d'étudiants entre Paris, New York et Los Angeles. Il fait carrière là-bas comme acteur et réalisateur.
— Une sacrée carrière ! renchérit Lucie.
— Si on veut ! renifla Yannick avec mépris.
Lucie éclata de rire :
— Non mais, regardez-le : il crève d'envie !
— Et toi, d'interpréter une scène d'amour avec lui.

— Je ne dirais pas non, reconnut Lucie, malicieuse.

Ce fut au tour de Loïc de faire la tête :

— C'est beau, la fidélité !

Ils s'interrompirent pour regarder David et ses invités gagner l'auditorium et s'installer aux premiers rangs. Lucie prit la main de Stan :

— Tu viens ?

— Il n'y a pas le feu. On passe dans une heure, répondit le jeune comédien.

— Vous m'avez l'air bien maussade, Messire le roi des carpes…

— Que veux-tu, je n'aime pas cette pièce, il n'y a rien à faire !

— Tu es pourtant génial en Nabu, et c'est important pour ta carrière.

Stan leva les yeux au ciel :

— Ma carrière !

— Eh bien, on peut dire que tu n'as pas le moral, en ce moment ! s'exclama Lucie. Moi, je vais m'habiller. Votre Majesté me rejoindra quand il lui plaira.

Il fut content de voir son amie s'éloigner. Il avait besoin de solitude pour réfléchir. Jason ne lui avait pas dit un traître mot de *La fin d'une illusion*. Pourtant, avec cette pièce, il aurait fait un triomphe. Il l'avait relue la veille, et le plaisir qu'elle lui avait procuré avait ranimé ses regrets, et sa rancœur à l'égard de Jason. « J'ai bien fait de ne pas parler de mon projet à Aude. Elle m'aurait ri au nez ! » songea-t-il.

Soudain, une main légère se posa sur son bras.

— Lâcheur ! Tu devais me faire répéter. Je t'ai attendu, murmura Aurelia.

Depuis le jour où il l'avait vue en compagnie de Hugo, il la fuyait. Il n'arrivait pas à oublier sa trahison. Il se revoyait glissant à genoux, les yeux pleins de larmes. Et son reflet dans la vitre de la bibliothèque, quand il l'avait découverte dans les bras du musicien. La honte !

— Répéter quoi ? demanda-t-il froidement.

— Mais... mon monologue !

— Tu as bien assez de profs comme ça autour de toi !

— Tu n'es pas un prof, tu es mon mentor, ma chance, mon soutien, dit-elle en riant.

Il la dévisagea avec sévérité :

— Tu ne devrais pas être en scène ?

Elle fit la moue :

— Je chante dans trois quarts d'heure, une petite aria de rien du tout.

— Moi, j'y vais !

Comme il la quittait brutalement, elle courut après lui et l'agrippa aux épaules. Son visage fut si près du sien qu'il sentit son parfum, la caresse de ses cheveux. Ses boutons avaient disparu. Sa peau était soyeuse et dorée comme avant. Il éprouva un vertige.

— Tu es fâché ? demanda-t-elle.
— Moi ? Pourquoi ?
— Je ne sais pas… Tu es si différent, si dur.

Il se demanda si elle ne jouait pas à le rendre malheureux.

— J'ai des problèmes, mais ils ne te concernent pas !

Brisant là leur conversation, il rejoignit l'auditorium.

Hugo était en train de jouer *Bowing Bowing* avec la nervosité poétique d'un Stéphane Grappelli. Stan en profita pour gagner les coulisses. Le public, fasciné par le violoniste, ne remarqua pas l'air renfrogné du comédien : « Ce salopard joue comme un dieu ! »

Ensuite, Luisa Molina dansa sur un air de *West Side Story*. Puis ce fut au tour d'Aurelia. Stan sortit des coulisses et se figea à la limite de la scène. Il aurait voulu être critique, sourd ou indifférent. Mais la voix bouleversante réveillait en lui une passion qu'il avait cru maîtrisée.

— Viens t'habiller ! le pressa Lucie. Tu ne vas pas jouer en caleçon ?

Comme il ne l'entendait pas, elle lui murmura à l'oreille :

— Je demanderai à Aurelia de t'accorder une représentation privée.

La jeune comédienne eut beau faire, il ne bougea pas d'un pouce avant la fin de l'aria, si bien qu'ils durent faire attendre le public, la fixation du costume extravagant du roi des carpes exigeant de longues minutes.

Guillaume Richelme fit irruption dans les coulisses :

— Qu'est-ce que vous fabriquez ?

— Sa Majesté rêve d'un monde meilleur, plaisanta Lucie.

Stan entra sur scène à contrecœur, et son jeu s'en ressentit. Au lieu d'être simplement grotesque, Nabu devint un monstre blessé, abîmé dans un profond désespoir. Cette interprétation inattendue donna à la pièce une dimension plus tragique, très différente de celle des répétitions. Les partenaires de Stan, Lucie, Loïc, Anthony et Aude, d'abord surpris par le ton du comédien, s'adaptèrent et se montrèrent meilleurs qu'à l'ordinaire. Ils récoltèrent un triomphe. David lui-même, si réservé, applaudit longuement.

En sortant de scène, Lucie sauta au cou de Stan :

— Je t'adore !

— Tu as été fantastique ! s'écria l'auteur, Bernard Soubeyran.

— Très émouvant, obverva Magdalena, qui gérait l'éclairage.

Stanley arracha son masque :

— J'ai été nul ! Le roi des carpes n'a rien de commun avec ce pleurnichard !

— Pleurnichard ? Tu divagues ! intervint Guillaume. Au contraire, tu as donné de la grandeur à ton personnage. Humain, il devient inhumain. Sans cela, il n'aurait été qu'un mythe, une caricature. Tu as tout compris, instinctivement, et mieux que moi.

— Si vous le dites ! grogna Stan.

Soudain, il aperçut Aurelia, en pleurs.

— Qu'est-ce que tu as ? demanda-t-il.

— C'est toi, balbutia-t-elle.

Il leva les bras au ciel :

— Il ne manquait plus que ça !

Il se retira dans sa loge, pas si mécontent de lui, au fond. Quelques instants plus tard, Aude le rejoignit timidement.

— Tiens, ma petite Aubépine, dit-il. Tu tombes bien : tu vas m'aider à enlever cet attirail.

Tout en défaisant les lacets et en détachant les lanières qui retenaient sa carapace de carton dorée, la comédienne lui fit part de ses impressions :

— Tu étais si bouleversant que j'en oubliais mon texte !

— Pour ça, tu n'as pas besoin d'être bouleversée !

Elle éclata de rire :

— Tu es vraiment horrible, Stanley !

— Tu as trouvé le mot juste, répliqua-t-il avec ironie.

Elle reprit son sérieux :

— On ne peut rien te dire. C'est Aurelia qui te met dans ces états ?

— Ça ne te regarde pas !

— Nabu se réveille !

Elle avait gardé son habit de scène, une longue robe ornée de dentelle. Avec son air boudeur, elle avait l'air d'une petite fille. La colère de Stan fondit subitement.

— Que dirais-tu de me donner la réplique dans une pièce en un acte ? proposa-t-il d'un ton radouci. Ça s'appelle *La fin d'une illusion*. C'est l'histoire d'une fille et d'un garçon qui ont cru vivre un grand amour et qui s'aperçoivent qu'ils ont rêvé chacun de son côté. Leur passion n'a jamais réellement existé.

— Pourquoi tu m'offres ça ? demanda Aude, méfiante. Parce que j'ai été amoureuse de toi ?

— Tu ne l'es plus ?

— Ça ne te regarde pas ! s'exclama-t-elle du ton cinglant que Stan avait pris un instant auparavant.

L'air furieux de la jeune fille l'amusa.

— J'ai pensé à toi parce que c'est un beau texte, émouvant, sans être mélodramatique, enfin, je crois, et qu'il t'irait à merveille, c'est tout. Tu as la volonté et la fraîcheur du personnage. En ce qui me concerne, je ne serai sans doute plus à l'Art School dans quelques semaines. Cette pièce, je t'en ferai cadeau. Tu la joueras avec un autre.

Il s'extirpa enfin de sa gangue de carton bouilli avec un soupir de soulagement.

— Où tu iras ? demanda Aude d'une voix rauque.

— Je ne sais pas encore.

— Tu m'écriras ?

— Bien sûr.

— Pas des cartes postales, des lettres, exigea-t-elle.

Il sourit, moqueur :

— Des lettres d'amour ?

Elle lui tourna le dos :

— Ce que tu peux m'agacer !

Il finit d'enfiler son jean et sa chemise et dit d'un ton pensif :

— Je ferai peut-être une cinquième année, si on veut de moi comme formateur. Ça dépend de Jason.

— Ce serait super !

— Ne compte pas sur moi pour rédiger tes dissertations.

Elle haussa les épaules, dédaigneuse :

— J'ai eu seize et demi en histoire, et sans toi !

— Tu veux que je t'aide à te déshabiller ? plaisanta-t-il.

Elle pinça les lèvres :

— C'est ça, rêve !

— Tu comptes partir avec ta robe de princesse ?

Elle le poussa hors de la loge et claqua la porte. Quelques instants plus tard, elle rouvrit, passa la tête et une épaule nue, et demanda :

— Tu peux m'apporter mes affaires ? Je les ai laissées dans la loge à côté.

Il se mit à rire :

— Je savais bien que tu avais besoin d'une habilleuse !

Dans la pièce voisine, il trouva pêle-mêle un jean, un pull, des chaussettes et des chaussures. Il lui glissa le tout par l'entrebâillement de la porte.

— Hé ! cria-t-elle, ce n'est pas mon pull. Le mien est bleu ciel.

Il retourna à côté en maugréant, trouva le vêtement en question sous un banc et le suspendit à la poignée de la loge.

— Tu es plutôt bordélique, constata-t-il en riant.

— Tu peux parler ! Tu m'attends ?

— Pas le temps ! gronda-t-il.

Elle sortit de sa loge en coup de vent et le poursuivit à cloche-pied en finissant d'enfiler sa chaussure droite.

— Ça me plaît ! cria-t-elle. Quand est-ce que tu me donnes le texte ?

Il prit l'air désolé :

— Toute réflexion faite, tu ne corresponds pas au personnage de Fanny.

— Qu'est-ce qu'elle a de spécial, ta Fanny ? Elle est plus âgée que moi ?

— Elle doit être très belle.

Aude comprit qu'il se moquait d'elle.

— Tu sais quoi, Stanley ? dit-elle avec un sourire malicieux. Je crois que tu commences à être un tout petit peu amoureux de moi.

Chapitre 13

— Ils ont retenu Aurelia, Hugo, Luisa, et devine qui ?... Red, tu te rends compte ? s'exclama Loïc. Ils vont tous passer des auditions. Il paraît que c'est pour une chaîne de télé américaine.

— Je sais, dit Stanley. Aurelia et Luisa, je le prévoyais. Red, je ne comprends pas très bien, mais je suis heureux pour lui. Tu vas en classe de chant ?

Loïc fit la grimace :

— Une heure de Graham, ça craint ! Tu veux y aller, tu es sûr ? Ne me dis pas que c'est pour écouter Aurelia !

Comme Stan ne répondait rien, Loïc leva les yeux au ciel :

— Tu perds ton temps. Avec son air angélique, cette fille va te briser le cœur !

— Aucun risque, c'est déjà fait !

— Dans ce cas, allons étudier les rythmes de nos corps avant d'entendre vibrer nos voix, capitula Loïc en imitant Sylvie Graham.

La salle de chant était située au troisième étage de l'Art School, juste sous le Jardin du ciel. Sa voûte de brique, conservée par l'architecte, correspondait au plafond de l'ancienne usine. Elle offrait une acoustique parfaite.

Une vingtaine d'étudiants étaient déjà là, assis sur les bureaux ou les rebords des fenêtres ouvertes. Stan plaisanta avec Lucie, Anne et Julie. Quand Aurelia vint lui faire la bise, il n'interrompit pas sa conversation, histoire de lui faire comprendre qu'il n'était pas à sa disposition pour meubler sa solitude entre deux histoires d'amour.

— Il n'y a pas plus narcissique, capricieux et cruel qu'une fille, fit-il remarquer.

Julie, Anne, Lola et Lucie le huèrent en chœur. Aurelia demanda d'une voix douce :

— Une expérience personnelle ?

Elle était juste derrière lui et faisait exprès de le frôler pour le troubler. Il allait répondre par une nouvelle provocation lorsque Loïc répondit à sa place :

— C'est notre expérience à tous !
— Toi, tu me paieras ça ! dit Lucie.
Loïc prit un air de martyr :
— La preuve !

Sylvie Graham fit son entrée au milieu des rires et frappa dans ses mains pour rétablir le calme. Ils commencèrent par étudier l'histoire du negro spiritual. Au bout de quelques minutes, Stan bâilla et se désintéressa du cours. Sylvie était un bon prof, mais elle avait tendance à rabâcher. Ils savaient tous depuis des années ce qu'était un negro spiritual. Quand elle eût enfin terminé son exposé, ils répétèrent ensemble *Nobody Knows*. Dans ce genre de chœur, la voix de basse de Stan faisait merveille.

— On dirait John Williams, lui glissa Loïc entre deux couplets.
— Tu rigoles, répondit Stan sur le même ton. Williams était un soprano à côté de moi !

Sylvie Graham interrompit le chant sacré d'un air courroucé :
— J'aimerais savoir ce qui vous amuse comme ça !
— La chanson. Elle est joyeuse, non ? dit Ray.

Le professeur le foudroya du regard :
— Pour commencer, ce n'est pas une chanson, mais un cantique. Si tu m'avais écoutée, tu le saurais !
— Une prière chantée, quoi !

— Et elle n'est pas gaie malgré les apparences. Si tu connaissais l'anglais, tu comprendrais... Bon, je constate que ça ne vous intéresse pas. Passons à des exercices mieux adaptés à votre intellect.

Sans tenir compte des murmures de protestation de ses élèves, elle orienta son cours sur la musique populaire contemporaine. Les étudiants chantèrent successivement. Quand vint le tour d'Aurelia, Stan tomba, comme toujours, sous le charme. Loïc poussa Lucie du coude. Le couple observa avec curiosité la fascination de leur ami.

— Il est complètement shooté, murmura Loïc.
— Amoureux, tu veux dire.
— Irrécupérable.
— Elle chante divinement.
— Et elle a de beaux seins, OK. Mais elle n'est pas seule dans ce cas.
— Non, moi, par exemple, plaisanta Lucie.

Loïc lui lança un regard oblique:
— Pour les seins, peut-être. Pour le reste, tu as encore des progrès à faire.

Lorsque Aurelia se tut, Stan parut redescendre sur terre, plus vif et chaleureux, comme si la voix limpide de la chanteuse l'avait régénéré.

— Qu'est-ce que vous faites, à midi? demanda-t-il.
— Nous déjeunons à la Tour d'Argent, répondit Loïc.

— Je vous propose d'aller au bord du lac.
— Super ! s'exclama Lucie.

Sylvie Graham, en train de mettre de l'ordre dans ses partitions, entendit l'exclamation de son élève et ironisa :

— Je vois que la chanson vous a plu.
— Tout le cours, dit Lucie avec conviction.

Sylvie soupira :

— Si vous saviez chanter aussi bien que mentir !

Stan s'approcha d'Aurelia et murmura :

— Ce que tu fais, ça ne s'appelle pas chanter, mais enchanter.

La jeune fille fit la moue :

— C'est la seule chose gentille que tu m'aies dite depuis trois semaines !

Ignorant le reproche, il lui tourna le dos, bavarda un long moment avec Anne, puis s'élança à la poursuite de Loïc et Lucie, qui avaient pris de l'avance.

Dans le parc, le temps était délicieux. Les femmes portaient des robes légères ; les amoureux étaient couchés dans l'herbe, à l'ombre des marronniers. Stan aperçut Aude en compagnie de deux autres étudiantes de première année. Il se maudit de ne pas lui avoir recommandé de ne parler à personne de *La fin d'une illusion*. Telle qu'il la connaissait, elle avait dû annoncer à tout le monde qu'elle avait décroché un grand rôle !

Continuant sa balade, il trouva Loïc et Lucie au bord du lac. Loïc lui tendit une part de pizza :

— Il n'y avait que des napolitaines.

— Mes préférées !

Ils mangèrent un moment en silence en jetant des miettes aux moineaux. Puis, devant l'air rêveur de Stan, Loïc décréta :

— Tu ne peux pas rester comme ça !

— Comment, comme ça ? demanda Stan, la bouche pleine.

— Solitaire, malheureux…

Stanley fronça les sourcils :

— Je ne suis ni seul ni malheureux.

— Oublie Aurelia. Elle se prend pour l'impératrice de Chine.

— C'est moi qui me prends pour un grand séducteur.

— Tu mérites une fille mignonne et gentille, genre Lucie, tu vois ?

— C'est une proposition ? ironisa Stan.

Loïc lui adressa un clin d'œil :

— Pourquoi pas ? Tout est une question de prix !

Lucie éclata de rire et leur lança à la tête le papier d'argent, roulé en boule, qui avait enveloppé sa pizza :

— Vous êtes de beaux salauds !

— Je ne t'ai jamais dit que j'aimais ton prénom ? dit Stan.

Lucie se mit à rire de plus belle :
— C'est déjà quelque chose. Moi, je le déteste.
— En arabe, il signifie « amande ». Il était réservé aux filles qui avaient de jolis yeux étirés vers les tempes, des yeux de chatte, comme les tiens.
— Ça, en revanche, c'est gentil, soupira Lucie.
Stan changea brusquement de sujet :
— J'ai écrit une pièce en un acte. Elle s'intitule *La fin d'une illusion*.
— Tout un programme ! gloussa Lucie.
— Je ne sais pas encore ce qu'elle peut rendre sur scène. Je crois qu'elle est bien… Il faut faire un essai. Bref, ce projet m'a donné envie d'écrire. Je sais que ça te démange, toi aussi, Loïc. Si tu veux, on peut travailler ensemble à l'adaptation de *La princesse Brambilla*.
— Le conte d'Hoffmannn ? s'enthousiasma Loïc. Génial ! J'aime le fantastique. On commence quand tu veux… Maintenant ?
— Pas sur l'herbe, plaisanta Stan. Mais chez moi, le soir. Tu n'habites pas loin, et on sera tranquille.
— Je pourrai venir ? demanda Lucie.
— Non, désolé, dit Stan. Ma mère m'interdit de recevoir des filles à la maison.
En voyant la déception s'inscrire sur le visage de Lucie, il éclata de rire :
— Mais oui, tu peux venir. Mes parents sont à

l'étranger. La maison est déserte. Il n'y a que Maria, c'est une femme merveilleuse.

— Quelle chance tu as, d'être libre ! s'exclama la jeune fille.

— Beaucoup de chance, oui, lâcha Stan sans pouvoir masquer son amertume.

Chapitre 14

Certains jours, l'inspiration de Stan était en panne. Dans ces moments-là, il avait beau s'accrocher à son texte, son personnage lui échappait.

— Plus violent! demanda Henry Huerman. Sigurd se révolte. Toi, tu te lamentes!

— Snif! sanglota Loïc.

Malgré sa patience légendaire, Huerman se fâcha:

— Je ne sais pas ce que vous avez, aujourd'hui! Si vous n'avez pas envie de travailler, dites-le tout de suite et on arrête. J'ai autre chose à faire!

— On reprend, décréta Stan en faisant signe à Loïc de se calmer.

— Alors, à partir de : « Ne t'approche pas... », dit le professeur, résigné.

Stanley vint se placer au centre de la scène, pointa le doigt sur Aurelia et cria :

— Ne t'approche pas de moi, diablesse ! C'est toi qui m'as blessé, c'est ton venin qui coule dans mes veines, c'est ton désir qui me brûle !

— Moi, si douce, si sage, si inoffensive, murmura Élisande.

— Fille du diable !

— Le diable n'a pas de fille, ou bien il les a toutes, c'est bien connu.

— Tu avoues !

— Tout ce qui vous plaira, Messire. J'avoue que l'amour est un poison, les aveux des incantations et les baisers des maléfices.

Élisande s'approcha de Sigurd, qui fit deux pas en arrière :

— Je t'ai dit de rester à ta place !

À cet instant, Huerman s'interposa entre les deux comédiens :

— Stanley, n'oublie pas que tu es blessé. Tes mouvements doivent être maladroits. Et puis, réponds plus vite, comme pour lui couper la parole. Tu as peur de ce qu'elle peut dire pour te séduire.

Il se tourna vers sa partenaire :

— Toi, Aurelia, efface toute malice. Tu es pure, innocente, désarmée.

— Sacré rôle de composition ! ricana Loïc.
Aurelia lui tira la langue.

Ils allaient poursuivre la répétition lorsque Yannick, haletant, fit irruption dans le théâtre en criant :

— Il y a le feu !
— Le feu ? Où ça ? demanda Stan.
— Dans l'atelier des décors.

Stan se précipita hors de la salle et dégringola l'escalier de secours jusqu'au grand hall. Là, entre la cafétéria et l'auditorium, les élèves occupaient le couloir menant à la porte des ateliers.

Cyril Maillard, l'un des décorateurs, entouré de deux jeunes femmes, toussait sans parvenir à reprendre sa respiration.

— Qu'est-ce qu'il a ? demanda Stan.
— C'est la fumée qui l'a intoxiqué, dit Babette, l'infirmière de l'Art School. Conduisez-le dans le parc, qu'il respire à l'air libre.

De la fumée filtrait effectivement sous la porte métallique de l'atelier et commençait à envahir le hall.

— Il faut alerter les pompiers ! cria Stan.
— C'est fait, répondit Texas. Ils devraient déjà être ici.
— Avec eux, on a le temps de brûler, gémit Cyril.
— Il y a encore du monde là-dedans ? demanda Stan en s'avançant.

Texas s'interposa :

— Ne touche pas la porte, elle est brûlante.

— De toute façon, Mike l'a verrouillée de l'intérieur, ajouta Jo.

— C'est dingue ! s'exclama Anne.

— De quoi je me mêle ? gronda Texas. Si la porte était ouverte, l'incendie se propagerait dans l'école, vu ?

Au même moment, la troupe de *La fiancée du diable* fit irruption dans le hall. Stan fit signe à Loïc :

— Viens !

Ils sortirent et contournèrent en courant le bâtiment de l'Art School. Du côté nord, l'immense verrière de l'atelier des décors s'appuyait au mur de l'école. Le feu, qui dévorait les toiles peintes, transformait l'atelier en fournaise. La chaleur dégagée était si intense que les étudiants, fascinés par le spectacle, se tenaient prudemment à une cinquantaine de mètres du foyer. Au premier rang, Stan vit Martha Ferrier, Olivia Karas, Julie Gensac et Kamel Karita, impuissants et consternés. Les décorateurs, qui avaient fui le sinistre, étaient couchés un peu plus loin, sur la pelouse. Certains avaient le visage noirci. Douglas, le concierge, Lulu, l'un des appariteurs, et Rodolphe, le cuisinier, tentaient de combattre les flammes à l'aide de tuyaux d'arrosage aux jets dérisoires. Des gens couraient à droite et à gauche.

— Mike ! Où est Mike ? cria quelqu'un.

— Je crois qu'il est resté à l'intérieur, répondit l'un des décorateurs d'une voix rauque. Il nous a aidés à sortir, puis un décor en flammes s'est abattu sur lui.

Après avoir annoncé cette nouvelle tragique, il fondit en larmes.

— Il faut le délivrer, casser une vitre ! s'écria Stan.

— Si tu fais ça, l'appel d'air attisera les flammes ! avertit Douglas. Il vaut mieux attendre les pompiers.

— On n'entend même pas leurs sirènes ! hurla Stan. C'est le feu qui va faire exploser ta verrière, si on ne s'en charge pas !

Soudain, confirmant sa mise en garde, une partie du toit de l'atelier s'effondra dans une immense gerbe de flammes.

— Mike ! appela Stan.

Seul le grondement du feu lui répondit.

Chapitre 15

La foule des spectateurs, professeurs, techniciens et étudiants, tous horrifiés, semblait incapable de réagir.

« C'est dingue ! Ils vont laisser brûler Mike ! » pensa Stan, révolté.

Il chercha fébrilement autour de lui un outil ou un objet quelconque pour briser la paroi de l'atelier. Ensuite, il entrerait au milieu des flammes et délivrerait Mike.

Il eut beau fouiller, il ne trouva rien, pas la moindre hache ni la moindre barre de fer. Puis, soudain, il aperçut un camion, l'énorme véhicule sur lequel Mike et ses ouvriers transportaient leurs décors.

— Suis-moi ! lança-t-il à Loïc.

— Pour aller où ? demanda ce dernier en s'élançant derrière lui.

Stan monta sur le marchepied du camion et examina la cabine : les clés étaient sur le contact.

— Prends le volant, ordonna-t-il.

— Et après ? s'inquiéta Loïc.

— Tu vas foncer dans l'atelier et me démolir ce mur. Une fois à l'intérieur, je sauterai de l'engin pour délivrer Mike.

— Pour cramer tous les deux ?

Stan secoua la tête d'un air entêté :

— La cabine te protégera, c'est du costaud. Tu feras aussitôt marche arrière pour te mettre à l'abri.

— Et toi ?

— Ne t'inquiète pas, je me débrouillerai.

— Elle est débile, ton idée ! grogna Loïc. Je n'ai pas envie de nous jeter dans ce volcan. Les pompiers ne vont pas tarder ; il me semble que je les entends !

— Mike est en train de mourir !

Le regard que Stan posait sur lui était si pressant que Loïc céda. Il ne voulait pas passer pour un lâche. Malgré sa peur, il monta dans le camion et prit place au volant. Stan bondit à côté de lui.

— Tu as bien compris ? Ta fenêtre est fermée ?

Loïc acquiesça, la gorge nouée.

— Alors, fonce !

Loïc mit le contact. Le puissant moteur rugit, et le camion s'ébranla. Devant lui, la foule s'écarta. Loïc vit Douglas lâcher son tuyau et faire de grands signes. Évitant de penser, il appuya à fond sur l'accélérateur. Le six-tonnes dévala la pente en direction de l'atelier.

Loïc avait repéré un endroit relativement épargné par les flammes. Il croyait pulvériser sans problème la mince verrière. Mais le choc fut plus rude que prévu, à cause de l'armature métallique plantée dans le béton. Le lourd camion emporta le tout. Aussitôt, il se produisit un appel d'air, et l'enfer se déchaîna. Le véhicule fut pris dans les flammes. Loïc, terrorisé, entendit le fracas du toit métallique qui s'effondrait sur lui. Une pluie de verre crépita sur le pare-brise ; puis une toile en feu se colla au capot.

— Va-t'en ! cria Stan.

Il ouvrit sa portière et s'élança dans le brasier.

— Pauvre fou ! sanglota Loïc en faisant grincer la marche arrière.

Le camion rebroussa chemin, emportant au passage tout un pan de la verrière, et s'immobilisa cinquante mètres plus loin. Les décors arrachés brûlaient toujours sur le capot et dans la benne. Loïc se précipita à l'extérieur. Douglas et Lulu arrosaient déjà le véhicule.

Les spectateurs entouraient le conducteur. Ils parlaient tous à la fois. Loïc ne les voyait pas. Il regardait fixement l'endroit où Stan avait disparu. Les montants de fer de la paroi arrachée gisaient sur le sol, tordus, au milieu d'un amas de verre. Par cette ouverture, l'incendie vomissait des flammes.

— Il est foutu ! balbutia-t-il.

Au même instant, il perçut les sirènes des pompiers.

— Vite ! gémit-il.

Brusquement, toute la partie droite de l'atelier s'affaissa, comme la partie gauche quelques minutes auparavant.

Entre les deux, le visage enveloppé dans son pull, Stan progressait avec difficulté. La fumée épaisse dégagée par les toiles peintes l'aveuglait et le suffoquait. Il hurla :

— Mike !

Dans cet enfer, il n'entendit que le ronflement des flammes. À quelques centimètres de lui, une masse s'écroula dans un jaillissement d'étincelles. Il fit un écart et trébucha sur un tas de décombres. Une traverse de fer tomba, lui heurtant l'épaule gauche. Ses chaussures de basket étaient brûlantes.

« Je vais y laisser ma peau ! » pensa-t-il.

Soudain, devant lui, il lui sembla voir remuer une plaque de métal. Il reconnut l'établi du chef d'atelier. Il se pencha. Une forme était coincée là-dessous.

— C'est toi, Mike ? cria-t-il.

N'obtenant pas de réponse, il empoigna le métal brûlant et poussa un cri de douleur. D'un coup de pied, il renversa la plaque et libéra Mike, recroquevillé, inerte, et noir de la tête aux pieds.

La rage s'empara de Stan. Il ne voulait pas mourir. Il ne voulait pas non plus que Mike meure. Il souleva le chef d'atelier et le chargea sur ses épaules. À travers un rideau de flammes, il devina la trouée dans la verrière, l'issue. Le salut. « Je n'y arriverai jamais ! » se dit-il. La chaleur était épouvantable. Il fonça.

Au bout de quelques pas, il trébucha et faillit basculer dans le feu. Il se rétablit. Mike pesait sur lui, et ses forces déclinaient. Le parc n'était plus qu'à trois ou quatre mètres, mais il semblait de plus en plus lointain, inaccessible. Il n'arrivait plus à respirer. Ses jambes fléchirent. Il se crut perdu. Puis il eut la vision trouble de deux hommes en combinaison noire et casque brillant. Les inconnus l'empoignèrent et l'emportèrent.

Il se retrouva sur une civière, les poumons en feu, la respiration sifflante, aveugle et au bord de l'évanouissement. On plaça un masque à oxygène sur son visage. Il avait étrangement sommeil. Il sombra dans le noir.

Chapitre 16

Stan se réveilla dans une chambre d'hôpital. Son père, assis sur son lit, le regardait avec affection :

— Tu te sens mieux ?

Le blessé regarda ses mains bandées et son bras gauche en écharpe.

— Comment va Mike ? demanda-t-il.

Sa voix était rauque.

— Il est gravement brûlé, mais il va s'en tirer... Grâce à toi, dit Yvan.

— J'ai dormi longtemps ?

— Ils t'ont bourré de calmants. Tes brûlures sont superficielles, mais tu as une plaie à l'épaule, et tu avais respiré des vapeurs toxiques.

Stan, dont la lucidité revenait, fronça les sourcils :

— Tu ne devrais pas être en Italie ?

— J'avais besoin de repos.

Le blessé surprit le regard tendrement ironique de son père. Pour être près de lui, il avait dû annuler des concerts, voyager de nuit. Il sourit :

— Je vais bien, tu sais !

Yvan hocha la tête :

— On m'a raconté ton exploit. Tu reviens de loin ! Tu as eu de la chance. Tu es un sacré gaillard !

Le beau visage d'Yvan exprimait l'admiration.

— À qui la faute ? plaisanta Stan en tâtant le bras de son père.

Ils éclatèrent de rire en même temps. C'était la première fois qu'ils étaient aussi proches. La faiblesse amena Stan au bord des larmes.

— J'ai faim ! grogna-t-il pour masquer son émotion.

Yvan se leva :

— Je vais voir ce que je peux trouver.

— Un sandwich au jambon ou une pizza. Et demande quand je pourrai sortir.

Yvan s'inclina :

— Oui, Monseigneur.

Une fois seul, Stan écarta ses bandages. Ses mains étaient enduites d'un produit gélatineux, et son épaule était ornée d'un énorme hématome à l'endroit où la lame de fer l'avait frappé. Il avait du mal à remuer le bras. « Super pour le théâtre ! » pensa-t-il.

La porte s'ouvrit.

— Déjà ? s'exclama-t-il.

Ce n'était pas Yvan, comme il le croyait, mais Aude. La jeune fille entra timidement, l'air anxieux. Stan agita ses mains bandées :

— Tu viens voir l'infirme ?

— Tu souffres ?

Il grimaça :

— Atrocement.

Devant son air apitoyé, il éclata de rire :

— Mais non, je ne sens rien.

De sa main valide, il tapota le lit, à côté de lui :

— Viens t'asseoir !

Elle portait un T-shirt dénudant son ventre, et une jupe très courte.

— Tu sais qu'il est formellement interdit de rendre visite aux malades dans cette tenue ?

— Pourquoi ? demanda-t-elle d'un air candide.

— Ça fait monter la fièvre !

Elle fit la moue :

— Dans ton cas, aucun risque.

— On voit que tu ne me connais pas !

— Je ne demande qu'à apprendre, murmura-t-elle en se rapprochant de lui.

Avec un petit rire, il demanda :

— Comment va le théâtre ?

Elle s'enflamma tout à coup :

— J'ai lu et relu *La fin d'une illusion*. C'est une pièce magnifique ! Je la connais déjà presque par cœur. J'ai pleuré, je te jure...

Subitement, sa passion retomba :

— Dommage qu'on ne puisse pas la jouer ensemble, toi et moi.

— Je pourrais peut-être m'arranger.

— Je ne crois pas, à cause de cette scène horrible.

Il la dévisagea, un peu étonné :

— De quelle scène tu me parles ?

— Celle où tu dois me prendre dans tes bras.

Sous son air désolé perçait la malice. Elle se moquait de lui ! Il fronça les sourcils et montra le visage de la jeune fille :

— Qu'est-ce que tu as, là ?

— Où ça ?

— Au coin de la joue... Montre un peu.

Il tendit la main droite. Elle vint à sa rencontre, intriguée. Alors, brusquement, il prit sa nuque, approcha son visage et pressa ses lèvres sur les siennes. Après un mouvement de surprise, Aude s'abandonna. Sa bouche était caressante et docile. Il sentait son corps frissonner. Elle noua ses bras autour de son cou en faisant attention à son épaule blessée. « Elle est si douce », pensa-t-il. Au même instant, on frappa discrètement à la porte.

— Entrez, murmura Stan, sans interrompre son baiser.

Aurelia fit son apparition. Aude et Stan se séparèrent en riant.

— Et moi qui me faisais du mauvais sang ! Je constate que tu vas beaucoup mieux, dit Aurelia.

— On jouait au docteur, plaisanta Stan.

Il invita la jeune fille à s'asseoir sur le lit. Aude était à sa gauche, Aurelia s'installa à sa droite.

— Quand tu as disparu dans les flammes, j'ai cru que je ne te reverrais jamais ! souffla Aurelia.

Il y avait tant d'émotion dans sa voix que le regard de Aude alla du visage de la belle comédienne à celui de Stan.

— Vous voulez que je vous laisse ? demanda-t-elle d'une voix pincée.

— Reste ! exigea Stan. Tu ne m'as pas montré comment tu jouais Fanny.

— Ah ! Vous répétiez, railla Aurelia.

— On improvisait, rectifia Aude.

Stan décela un accent de jalousie dans les répliques des deux filles, beaucoup plus perceptible chez Aude. Aurelia, tantôt tendre, tantôt indifférente, restait pour lui une énigme. « Pas très passionnée », songea-t-il avec dépit. Mais l'était-elle avec ses amants ?

Il n'eut pas le temps de s'interroger davantage, car Yvan revint avec des sandwichs et des boissons. Au spectacle des deux jeunes filles penchées sur son fils, il sourit :

— Tu sortiras demain, annonça-t-il... à moins que tu ne décides de prolonger ton séjour, avec ces infirmières à ton chevet.

— Voici mon père, dit Stanley.

Comme les jeunes filles se levaient, un peu intimidées de rencontrer le célèbre Yvan Marchand, Stan les présenta :

— Aurelia et Aude sont mes partenaires. Aurelia dans *La fiancée du diable*, et Aude dans *Le roi des carpes*.

— Tu en as de la chance ! s'exclama Yvan en embrassant les jeunes comédiennes.

Soudain, il se tourna vers la porte, stupéfait :

— Qu'est-ce que c'est que ce concert ?

Du couloir de l'hôpital provenait une musique joyeuse.

— Ça, c'est Lionel et son orchestre, dit Stan avec un grand sourire.

Quelques instants plus tard, six musiciens, conduits par Loïc, envahirent la chambre et commencèrent à jouer *Smoke Gets in Your Eyes*, la chanson préférée de Stanley. Puis ils enchaînèrent avec un air de Bernstein. Aurelia les accompagna en chantant. Une aide infirmière, attirée par le concert insolite, entra, puis disparut en pouffant.

Les musiciens entamaient un air de circonstance, intitulé *Tout feu tout flammes*, quand l'infirmière en chef fit irruption dans la chambre et apostropha les étudiants :

— Vous allez me faire le plaisir de cesser ce vacarme et de déguerpir !

Au lieu d'obtempérer, les musiciens poursuivirent de plus belle. Loïc enlaça l'infirmière et exécuta avec elle quelques figures de rock. Il s'aperçut très vite que la dame était vigoureuse. Elle le repoussa et ordonna :

— Assez ! Vous devriez avoir honte ! Des malades se reposent dans ce service, je vous signale !

— Je suis sûr qu'ils vont déjà mieux, dit Stan.

— Quant à toi, s'indigna l'infirmière en pointant le doigt sur le blessé, tu devais sortir demain. Mais, vu ton état, tu peux t'en aller dès ce soir. Pour tes pansements, tu reviendras à l'hôpital de jour.

— Nous habitons loin, c'est ennuyeux, protesta Yvan.

L'infirmière renifla avec colère :

— Beaucoup moins que pour mes patients !

— Alors, la fête est finie, conclut Lionel en remballant sa trompette.

Chapitre 17

— Tu as avancé sur *La princesse Brambilla* ? demanda Loïc.

Stan montra ses pansements :

— Impossible d'écrire. Et toi ?

— Moi non plus : trop de boulot ! Avec le concours dans trois semaines... Au fait, et *La fin d'une illusion* ?

— J'ai commencé à répéter avec Aude.

— Tu comptes présenter ta pièce au concours ?

Stan secoua la tête :

— Jason a enterré le projet.

— Il est pourtant génial, ce texte !

— C'est beau, l'amitié ! plaisanta Stan. De

toute façon, nous n'avons plus le temps. Aubépine a bien assez à faire avec la tyrannie de Nabu, sa danse et ses révisions.

Tout en discutant, les deux étudiants parcouraient le parc de l'Art School. Ils arrivèrent devant les vestiges de l'atelier des décors. Pour des raisons d'expertise, on n'avait pas touché aux décombres. Il ne restait plus de l'atelier qu'un triste amoncellement de poutrelles tordues et de verre fondu. Derrière ces ruines, le mur de l'académie était noirci jusqu'à la hauteur du deuxième étage.

— À propos, tu as des nouvelles de Mike? demanda Loïc.

Le visage de Stanley s'assombrit:

— Il souffre moins, et ses yeux sont sauvés. Mais ses bras, ses épaules et son dos sont brûlés au troisième degré, et ses poumons sont atteints. On l'a placé dans un centre spécialisé.

Ils restèrent un long moment pensifs et silencieux, puis Loïc s'exclama:

— Quand je pense à ce que tu m'as fait faire! On aurait pu y rester tout les deux!

— Pourtant, tu n'as pas hésité longtemps...

— Tu sais bien que, pour toi, j'irais jusqu'au fond des enfers, déclama Loïc d'une voix caverneuse.

Ils pénétraient dans les ruines lorsqu'ils virent approcher Aurelia. En contre-jour, les jambes de la jeune fille se dessinaient sous sa robe légère. Loïc siffla entre ses dents tandis que Stan s'obligeait à détourner les yeux. Ce corps ravissant l'avait fait suffisamment souffrir. Les événements qu'il venait de vivre lui avaient fait oublier sa laideur ; Aurelia avait le don de la lui rappeler. Devant elle, il avait de nouveau conscience de sa face ronde et rougeaude et de son air de clown triste. Elle connaissait le pouvoir qu'elle exerçait sur les garçons, même sur Loïc, qui masquait le trouble qu'elle lui inspirait sous une attitude cynique.

La modestie qu'elle affichait avait cessé d'abuser Stan. Sa façon d'abaisser ses longs cils et de sourire mystérieusement signifiait qu'elle était la plus forte sans combattre. Tous lui obéissaient. Elle choisissait ses amants parmi les plus beaux, mais exigeait l'admiration de tous. Stan avait fini par le comprendre. Il n'était pas pour autant délivré d'elle.

— Alors, les héros, de retour sur les lieux de vos exploits ? dit-elle.

— Stan vérifie ses décors, plaisanta Loïc.

— Comment tu vas faire pour jouer *Le roi des carpes* sans costumes ni accessoires ? demanda la jeune comédienne.

Stanley haussa les épaules avec insouciance :

— Le jury est au courant. Il sera plus indulgent.

Aurelia, qui avait fait quelques pas dans les décombres, se tordit le pied et s'accrocha à son bras.

— À propos de jury, tu me fais répéter mon

monologue ? demanda-t-elle avec un regard appuyé qui semblait promettre les plaisirs d'un tête-à-tête.

— Encore !

Elle prit l'air boudeur :

— Comment ça, encore ? Il y a dix jours que je te supplie !

— Tu es sûre que c'est ce que tu veux présenter ? soupira Stan, résigné.

— *La jeune fille errante* est un magnifique monologue, tu l'as dit toi-même. Du reste, c'est toi qui me l'as fait connaître.

— C'est vrai, mais tu n'arrêtes pas de changer, Aurelia. Un jour, c'est Cunningham, un autre, Vandoren, puis Denise Bonal... *Le beau linge*, et maintenant *La jeune fille errante* !

— Elle change d'auteurs comme d'amants, un par semaine, rigola Loïc.

— Toi, on ne t'a rien demandé ! dit Aurelia.

— Tout ce qu'elle veut, c'est être seule en scène, insista Loïc.

Aurelia prit Stan à témoin :

— Tu sais très bien que je voulais présenter *La fiancée du diable* et jouer avec toi. Ce n'est pas moi qui ai pris la décision de l'abandonner.

— Il ne fallait pas faire semblant d'être malade ! gloussa Loïc.

— Comment tu peux supporter un mec pareil ? s'emporta Aurelia.

Stan prit un air de martyr :

— C'est dur, si tu savais !

Aurelia sourit et en profita pour demander :

— Aide-moi, s'il te plaît.

Stan admira le travail : sa manière de passer de la colère à la douceur la plus exquise sans ressentir aucune émotion. Seulement, lui, il ne voulait plus être dupe de ses comédies ni subir ses caprices.

— Tu n'as qu'à demander à Huerman ou à Malherbe, dit-il. Ils sont là pour ça.

Elle prit l'air désespéré :

— Ils ne veulent pas de mon texte !

— *La jeune fille errante* ? pourquoi ?

— Je dois présenter *Le beau linge*. C'est ce qu'ils ont inscrit au concours. Point final.

— Ils n'ont pas tort : *La jeune fille errante* est top, mais tu t'es décidée trop tard.

— Pas si tu m'aides à le travailler.

— Tu espères vraiment les faire changer d'avis ?

— Si je suis bonne, c'est gagné. Et toi, tu peux m'y préparer. Toi seul, Stan.

Malgré lui, Stanley admira le beau visage levé vers lui. Elle était capable de séduire n'importe qui. Même Huerman ne lui résisterait pas.

Il secoua la tête en riant :

— Désolé, tu aurais dû choisir plus tôt.

Elle fit la moue :

— Toi aussi !

— Moi ?

– Tu travailles bien avec Aude sur *La fin d'une illusion* !

– Ce n'est qu'un projet personnel, il ne concerne pas le concours.

– Un beau projet. Pourquoi tu ne m'en as pas parlé ?

À présent, Aurelia feignait la jalousie, et elle le faisait si bien que Stan en éprouva un frisson de plaisir.

– J'admire surtout la séquence finale, ajouta-t-elle. Lorsque la fille et le garçon, qui ont cru s'aimer passionnément, s'aperçoivent qu'ils ont vécu deux histoires différentes et ont rêvé leurs propres personnages. Le dialogue est sublime : « Tu n'as aimé que toi, je n'ai aimé que moi… »

– Attends, tu veux dire que tu as lu ma pièce ? s'exclama Stan.

– C'est Aude qui me l'a prêtée.

« La petite garce ! pensa Stan en riant intérieurement. Elle n'a pas pu s'empêcher de narguer Aurelia, et visiblement elle n'a pas raté son coup ! »

Il aurait voulu convaincre Aurelia de s'en tenir au *Beau linge*, mais Isabelle, la secrétaire de Jason, vint le prévenir que le directeur artistique le réclamait d'urgence dans son bureau.

– Il veut te parler de ta pièce, dit Loïc, tout excité.

Stan lui ébouriffa les cheveux :

– Une illusion de plus !

Comme il s'éloignait, Aurelia cria :
— Pense à ma répétition !
— Il ne pense qu'à toi, murmura Loïc. Il en perd le sommeil et l'appétit. À mon avis, s'il s'est jeté dans les flammes, c'était pour t'épater !
Aurelia haussa ses belles épaules :
— Tu lis trop de romans !
— Toi, pas assez !

Fidèle à ses habitudes, Jason arpentait nerveusement son bureau, un portable à l'oreille. Il interrompit sa conversation en apercevant Stanley :
— Entre ! Tu sais pourquoi je t'ai convoqué ?
— Pour me parler de *La fin d'une illusion*.
Le directeur artistique répéta le titre d'un air désorienté. Selon toute apparence, il n'avait pas pris la peine de lire la pièce ! Il écarta le sujet d'un geste impatient, comme on chasse une mouche :
— Il s'agit de ton audition.
— Quelle audition ?
— *Le roi des carpes*, en présence de David, de Jack Bernaudy et d'Henry Stone. Ils ont tous apprécié ta manière de jouer, surtout Stone.
Stan leva les yeux au ciel :
— J'ai été nul !
— Excellent ! Tu as été excellent, dit Jason. Au fait, comment vont tes mains ?

— Pratiquement guéries.
— On m'a raconté ta folle audace. J'aurais bien aimé être là !
— Si vous voulez, je peux donner une nouvelle représentation.

Jason ne releva pas l'ironie.
— J'espère que tu peux tourner les pages ? Il faut que tu lises ça, lança-t-il en lui remettant un épais manuscrit.
— Qu'est-ce que c'est ?
— Un rôle en or pour toi.
— Comme celui de Tristan dans *La fin d'une illusion* ? railla Stan, qui ne désarmait pas.
— Lis-le, lui conseilla Jason, et viens en discuter avec moi après-demain. C'est le scénario d'un film, une œuvre étonnante.
— Pourquoi moi ? s'étonna Stan.
— Tu comprendras en lisant. David m'a remis le scénar pour toi de la part de Stone. C'est ta chance, Stanley. Tu n'as pas le droit de la laisser passer.

« *Two Masks* » lut Stanley sur la page de garde.
— Encore un rôle comique, râla-t-il.

Le sourire de Jason ressembla à une grimace :
— Pas vraiment !

Chapitre 18

Stan avait été tellement déçu du mépris manifesté par Jason à l'égard de sa pièce qu'il décida d'abord de réserver le même traitement à *Two Masks*. Sa résolution ne dura qu'une journée : le volumineux document excitait sa curiosité. Sa première partie, consacrée au scénario lui-même, était en français ; la seconde, constituée d'une étude de caractères et de notes de mise en scène, en américain.

Aussitôt rentré chez lui, il se mit à la lecture du scénario et l'abandonna à deux heures du matin, terrassé par le sommeil. Le sujet avait cela de stupéfiant qu'il s'agissait de sa propre histoire. On aurait dit que Stone avait fouillé dans sa vie.

Tim Lemming, un jeune homme laid et bourré de complexes, prenait des cours de comédie afin d'acquérir de l'assurance et de sortir de sa solitude. Au début, sa tentative n'était guère concluante : on le cantonnait dans des rôles burlesques. Le public riait. Le comédien souffrait. Et puis il rencontrait un réalisateur décidé à transposer un drame similaire à l'écran.

Au cours des essais, Tim manifestait des dons de comédien étonnants. Durant le tournage, le héros du film se métamorphosait. De grotesque il devenait émouvant, puis séduisant. Devenu un acteur à la mode, il croulait sous les propositions. En même temps que son physique, son caractère changeait. Sa modestie et sa gentillesse faisaient place à l'arrogance et à la méchanceté. Il se vengeait des humiliations qu'il avait subies. Lorsque ses amis avaient l'air de regretter le personnage généreux qu'il avait été, il les soupçonnait d'être jaloux de sa réussite.

Il se montrait particulièrement dur vis-à-vis des femmes, cherchant à les humilier afin de les punir de leur indifférence ou de leur répugnance d'autrefois. Jusqu'au jour où il rencontrait par hasard Jennifer, la jeune fille dont il avait été épris, étudiant. Sa passion renaissait. Par bonheur, elle était partagée. Pendant quelques semaines, Tim redevenait le garçon drôle, timide et gentil que Jennifer avait connu. Brève embellie. La star ne tardait pas à retrouver son comportement orgueilleux, capricieux et dominateur, et à faire le malheur de sa compagne. Il retombait alors dans une autre solitude, aussi désespérante que celle de son adolescence.

Le lendemain matin, isolé derrière un bosquet, au fond du parc de l'Art School, Stan poursuivit sa lecture. Les notes en anglais lui posaient quelques problèmes, mais il comprenait le sens général des réflexions de Henry Stone. Les deux masques symbolisaient les apparences successives du personnage, aussi fausses l'une que l'autre.

La première représentait le clown. Son rire était un moyen de se protéger de la répulsion qu'inspirait sa laideur. La deuxième, celle de la star, se réfugiait derrière le masque de la célébrité. Mais c'était toujours la même solitude désespérante.

Stan ne se demandait plus pourquoi Jason lui avait remis ce scénario. En revanche, il était inquiet, car, en dehors de ses multiples affinités avec le personnage, il ne possédait aucune des qualités requises pour séduire un réalisateur américain : il maniait mal l'anglais et ne se sentait pas assez expérimenté pour affronter un rôle aussi complexe, en particulier le passage de l'étudiant à la star.

Il se demandait s'il allait affronter l'audition lorsque deux bras frais se nouèrent autour de son cou et les lèvres de Aude effleurèrent les siennes.

— Qu'est-ce que tu lis? demanda-t-elle en s'emparant sans façon du dossier de Stan.

— Curieuse!

— De l'anglais? Je peux t'aider, si tu veux. En langues, je suis vachement calée. Dis donc, c'est du cinéma!

— Tu t'y connais!

Il récupéra son scénario.

— Tu vas tourner un film? poursuivit-elle. Waouah!

Il ne put s'empêcher de rire devant cette explosion d'enthousiasme.

— Je vais passer une audition, c'est déjà énorme!

— Ils vont flasher sur toi!

— Flasher? heureusement que je ne suis pas superstitieux!

— Sur scène, tu es tout simplement génial!

— Tout simplement.

Il enlaça sa taille mince, et elle se blottit dans ses bras.

— Tu peux me garder chez toi, ce soir? chuchota-t-elle.

— Pour réviser?

Elle lui pinça le bras :

— Tu sais pourquoi ?

— Pour répéter *Le roi des carpes* ?

Elle leva vers lui son visage rieur :

— La scène d'amour de la princesse ?

— Je suis Nabu, pas l'amant d'Aubépine, rappela-t-il d'une grosse voix.

— Pour une nuit, tu peux bien changer de personnage !

— Je ne sais pas le rôle.

— Ne t'inquiète pas, moi, je le connais par cœur. Je te ferai répéter.

Il soupira :

— J'ai tellement de travail !

Elle le pressa :

— Alors, c'est oui ?

— Et tes parents ? Il faut que je leur téléphone ? Qu'est-ce que je vais leur dire ?

— Ils aiment bien ma cousine, Maryam.

— Quel rapport ?

— C'est chez elle que je passerai la nuit officiellement.

Il fronça les sourcils :

— Et mes parents à moi, tu y as pensé ?

— Ils sont en tournée : ta mère à Londres, et ton père dans le Midi.

Il lui lança un regard soupçonneux :

— Comment tu sais ça, toi ?

Elle pouffa :
— Je me suis renseignée.
— En somme, tu as pensé à tout ?
Elle prit l'air résigné :
— Il faut bien, avec toi !

Il la dévisagea, amusé. Puis il fut pris de scrupules. Sous son enveloppe de très jeune fille, il y avait une femme, belle et troublante. Jamais, jusqu'à ce jour, l'attirance qu'elle exerçait sur lui n'avait été aussi forte. Il se demanda ce qui se passerait si, après lui avoir donné ce qu'elle attendait, il était obligé de l'abandonner. Pour rien au monde il n'aurait voulu lui causer du chagrin. Elle était généreuse, sincère, vulnérable, et, plus il pensait à elle, plus il se disait qu'il ne la méritait pas.

— Qu'est-ce qu'il y a ? soupira-t-elle. Je suis trop jeune, trop innocente, trop maigre, trop moche ?

— Un peu tout ça, acquiesça Stan d'une voix tendre.

Elle haussa les épaules :

— Tant pis pour toi, mon vieux : il ne fallait pas m'embrasser !

— Un baiser de rien du tout, ça ne compte pas.
— Ah oui ?

Elle écrasa ses lèvres sur les siennes. Stan finit par la repousser avec douceur :

— J'avoue que tu as de bons arguments. Ça

demande réflexion. En attendant, j'ai rendez-vous avec Jason.

Il fit mine de s'éloigner. Au bout de quelquespas, il se retourna et, devant son beau minois triste, il craqua :

— OK pour ce soir, à huit heures…

— 17, rue des Carmes ! s'écria-t-elle en bondissant de joie.

Dix minutes plus tard, il entrait dans le bureau de Jason. Celui-ci s'agita sur son fauteuil :

— Alors ? Tu l'as lu ? Que penses-tu du personnage ?

— On dirait que le film a été écrit pour moi. Mais la coïncidence ne signifie pas que je sois l'acteur idéal.

— C'est aussi mon avis. Les castings sont faits pour ça. Tu as rendez-vous avec Henry Stone chez DKS le 28 mai. Révise la scène du premier contact de Tim avec les caméras. C'est une des plus difficiles. Je te conseille de travailler avec Huerman.

Stan ne réagit pas.

— Quoi encore ? s'échauffa Jason.

— Entre nous, ce rôle, je ne le sens pas.

— Moi, je le sens à ta place. Je t'ai vu en scène, David et Henry aussi. Tu es l'un des candidats sérieux pour ce film. Si ce n'était pas le cas, tu crois que Stone se déplacerait spécialement de Los

Angeles pour t'entendre ? C'est lui qui te dira si tu conviens. Et si c'est le cas, crois-moi, il t'aidera.
— Mais je parle à peine anglais !
— Tu apprendras. Du reste, pour la version américaine, tu seras doublé.
Il sourit :
— Voilà, il ne te reste plus qu'à te jeter au feu, mais tu en as l'habitude !

Chapitre 19

En attendant la limousine qui devait le conduire aux studios Paramount, Stan contempla l'océan. De son hôtel de Santa Monica, la vue s'étendait jusqu'à Malibu. En été, le spectacle devait être magnifique. Mais, en février, le ciel était gris, le Pacifique houleux et les plages étaient désertes.

Malgré le luxe de sa chambre, sa fascination de la Californie et les multiples privilèges dont il jouissait, Stan se sentait encore dépaysé, après six mois passés aux États-Unis. Les auditions qui l'avaient conduit là semblaient appartenir à une vie antérieure. La première avait eu lieu à Paris, la deuxième à Hollywood. À sa grande surprise, il avait décroché le rôle. Aussitôt, il avait été pris dans un tourbillon : cours d'anglais, chirurgie esthétique, régime diététique, séances de musculation, répétitions... Durant vingt semaines, une équipe de spécialistes avait entièrement remodelé le physique du jeune comédien. Et, lorsque le tournage proprement dit avait commencé, il était devenu un autre homme.

Détournant les yeux de la baie, il se regarda dans un miroir. Il avait perdu près de huit kilos et s'était musclé harmonieusement. Ainsi, il paraissait plus grand. Son visage s'était allongé. Ses traits s'étaient durcis. Cela tenait à ses pommettes saillantes et au dessin de ses maxillaires. Cette minceur nouvelle mettait en valeur ses yeux gris.

Grâce à des soins esthétiques quotidiens, sa peau était hâlée au lieu d'être rouge. Ses cheveux, teints en noir, étaient plus longs. D'un Nordique au physique mou, le cinéma avait fait un Méditerranéen.

« Si Aude pouvait me voir, avec mon air de pirate, elle aurait du mal à me reconnaître », se dit-il en souriant à son reflet. Lorsqu'il évoquait Paris et la douce atmosphère de l'Art School, ce n'était pas à Aurelia, mais à elle qu'il pensait en priorité. Il n'avait pas oublié l'extrême douceur de sa jeune amoureuse, la poésie instinctive de ses paroles et son désespoir à l'instant de leurs adieux.

Au début, elle lui avait écrit chaque jour ; puis ses lettres s'étaient espacées. Stan menait une vie folle, travaillait de six heures du matin à onze heures du soir. Seule sa robuste constitution lui avait permis de résister à ce rythme infernal. Faute de temps pour écrire, il lui téléphonait. Il lui décrivait l'immensité trépidante de Los Angeles, le luxe de Rodeo Drive, la beauté des couchers de soleil vus de Palisades Park, l'atmosphère fiévreuse des studios Paramount. Aude lui parlait de l'Art School. Elle était maintenant en deuxième année et se consacrait presque entièrement à la danse.

Dans ces conversations ralenties par la respiration des satellites, il y avait peu de place pour les déclarations d'amour. Ils se quittaient déçus l'un et l'autre.

Lorsque le tournage commença, Stan eut des heures de loisir. Mais au lieu d'en profiter, il se mit à souffrir de solitude. Pourtant, son nouveau physique lui valait bien des regards de femmes. Certaines venaient à lui dans les rues, sur la plage ou au restaurant, pour réclamer des autographes. Stan ne savait jamais si elles le reconnaissaient réellement, après la parution de sa photo dans divers magazines et ses interviews à la télévision, ou si elles se laissaient éblouir par sa limousine, sur laquelle figurait la plaque Paramount, privilège des stars.

Parfois, la célébrité, aussi modeste fût-elle, avait des avantages : deux débutantes, qui tenaient de petits rôles dans *Two Masks* étaient sorties avec lui. Des filles gentilles, saines, peu passionnées.

On frappa à la porte de sa chambre. Harlem, le chauffeur noir monumental, annonça triomphalement :

— Huit minutes d'avance !

Il savait que Stan tenait à arriver parmi les premiers sur le plateau pour se familiariser avec le décor et commencer sa longue préparation physique. Les Américains appréciaient le professionnalisme. Dans ce domaine, Stan était bien noté. Sa partenaire, Léa Morgan était, elle aussi, très ponctuelle. C'était une actrice de seize ans, belle et distante. Une série TV relatant la vie d'un collège américain l'avait rendue célèbre. Toujours flanquée de sa mère et de son mentor, elle était appliquée, et bonne comédienne malgré son manque de spontanéité. Une jeune fille trop lisse, qu'il aurait voulu parfois chahuter.

Après un début difficile, Stan avait été porté par son rôle. Henry Stone avait apprécié la force croissante du personnage et l'intensité dramatique qui en résultait. Ses partenaires avaient parfois du mal à s'adapter au jeu instinctif et aux initiatives du Français. Stone laissait faire. C'était son histoire, et il la revivait douloureusement.

Ce qui déconcertait le plus le jeune comédien, les premiers temps, c'était sa transformation physique quotidienne. Après avoir fait de lui un homme séduisant, Stone s'ingéniait à l'enlaidir. Pendant plus d'une heure, tous les matins, les maquilleurs et les assistants alourdissaient la silhouette du comédien et déformaient son visage à l'aide de prothèses, de perruques et de fonds de teint. Stan sortait de ces séances avec une face lunaire et rubiconde, un corps pesant et des membres maladroits.

Le troisième jour de tournage, il ne put s'empêcher d'aller faire part de sa frustration à Stone :

— Pourquoi avoir modifié mon apparence physique pour en revenir au point de départ ?

— Il est plus facile de procéder ainsi, expliqua le réalisateur. Peu à peu, cette apparence ingrate va s'effacer. On verra la transformation de séquence en séquence. Tu n'as pas à t'inquiéter, tu vas très bientôt devenir celui que tu es vraiment.

— Autrement dit, l'homme artificiel que vous avez façonné !

Stone sourit :

— Tu es avant tout un acteur, ne l'oublie jamais. Tu dois t'habituer à ces métamorphoses. À ce titre, ce film est une bonne expérience. Certaines stars, parmi les plus belles, ont le courage de s'enlaidir, comme Charlize Theron dans

Monster, ou Nicole Kidman dans *The Hours*. Ensuite, elles reprennent leur véritable apparence. Dis-toi qu'elles cultivent leur beauté au prix de douloureux sacrifices. Ce sont des heures et des heures d'exercices et de soins quotidiens. Tu n'as pas fait autre chose depuis des mois. Sauf que tu n'as pas un aussi joli cul !

— C'est vous qui le dites ! plaisanta Stan en faisant admirer sa silhouette déformée par les prothèses et le rembourrage de ses vêtements.

— Tu as mieux que ça : une personnalité, dit Stone. Sans elle, je ne t'aurais pas choisi pour incarner Tim.

— Moi qui croyais devoir le rôle à ma beauté ! railla Stan.

— Tu le dois uniquement à la manière dont tu tirais parti de ton physique sur scène. Tu m'as impressionné. J'attends la même chose de toi devant les caméras. J'ai visionné les rushes des premiers essais. Ils sont encourageants.

— Je ne suis pas trop grotesque ?

— Juste ce qu'il faut.

— C'est à ça que je ressemblais quand vous m'avez engagé ?

— Non, c'était pire ! dit Stone en riant.

— Sympa ! grogna Stan.

— Marcy t'a parlé du tournage d'après-demain ?

— Non, pourquoi ?

Marcy était l'assistante du réalisateur.

— Nous allons travailler en public, devant la Hollywood High School, sur Sunset Boulevard. Un vrai bain de foule ! Une bonne expérience pour toi.

— Je croyais que tout devait se passer en studio ? s'inquiéta Stan.

— J'ai décidé de donner une réalité tangible au lycée où se déroule l'action. Marcy te donnera le script tout à l'heure. C'est une belle scène, tu verras. Cette école est légendaire : plusieurs actrices y ont fait leurs études. La plus célèbre est Lana Turner. Tu sais qui c'est ?

— Non, avoua Stan.

— L'une des plus belles stars de tous les temps, dit Stone. Un réalisateur l'a découverte alors qu'elle buvait un soda dans un petit café en face du lycée. Elle avait seize ans. Il a éprouvé une telle fascination pour elle qu'il l'a aussitôt engagée. Le film s'intitulait, je crois, *They Won't Forget*.

Stan, pensif, regardait les murs du studio.

— J'espère qu'elle ne me verra pas dans cette carapace ridicule, murmura-t-il

Stone soupira :

— Aucun risque : Lana est morte depuis longtemps.

Stan ne pensait pas à Lana Turner, mais à Aurelia. La veille, une lettre de Loïc lui avait annoncé que la jeune chanteuse avait été engagée à New York dans une troupe de Broadway. Sachant qu'il tournait *Two Masks*, elle avait décidé de venir à Hollywood pour lui faire une surprise.

«Mauvaise surprise», songea-t-il. Il aurait préféré se montrer à elle sous son nouveau masque.

Chapitre 20

Cinq mois après la fameuse scène de la Hollywood High School, Stanley se retrouva à New York, dans un célèbre cabaret de la Quarante-deuxième rue, Chez Joséphine.

Le tournage de *Two Masks* avait respecté le planning, et les acteurs avaient aussitôt entamé un voyage de promotion à travers le pays, au rythme américain, c'est-à-dire une ville par jour. Le distributeur avait organisé des projections privées à l'intention des journalistes de la presse et de la télévision. Dans l'ensemble, les réactions étaient favorables. Les critiques louaient tout spécialement le talent de Stanley et de Léa.

Le tournage achevé, la jeune comédienne, libérée de sa tension, avait changé subitement. Elle s'était révélée amusante et s'était rapprochée de son partenaire. Du coup, le voyage en sa compagnie avait été agréable. Durant leurs interviews, Léa venait souvent au secours de Stan, dont l'américain laissait encore à désirer. Elle le faisait gentiment, et leur complicité joyeuse plaisait aux journalistes.

— En France, c'est moi qui te guiderai, dit Stan.

— J'aimerais bien, mais il y a peu de chance ! soupira Léa en jetant un coup d'œil à son agent.

— Si je comprends bien, tu vas tourner ta série ? C'est formidable !

— *Funny Girls*, dit la comédienne avec une grimace comique.

La série n'était pas géniale, mais le pilote avait emballé le jeune public, et le cachet de Léa était énorme.

— C'est ma mère qui choisit mes rôles, expliqua la jeune actrice, désabusée. Et toi ?

Stan sourit avec ironie :

— Moi, ma mère est trop obsédée par sa carrière pour se préoccuper de la mienne. Elle chante au Metropolitan. Si tout va bien, je la verrai demain, entre deux rendez-vous.

— Je veux parler de tes projets, dit Léa. Tu vas rester aux États-Unis ?

— Je ne sais pas encore. Je ne suis pas submergé de propositions, tu sais.

— Il faut attendre la diffusion du film, intervint Stone. S'il est bien classé au box-office, ton seul problème sera de choisir.

Stan approuva avec chaleur :

— J'ai déjà le choix entre les céréales Arcos et le déodorant Fresh fresh.

Léa et Stan furent pris d'un fou rire interminable.

— Calmez-vous ! leur conseilla Tony, le chargé des *public-relations* de la société de production.

Deux photographes s'approchèrent de leur table et commencèrent à photographier les comédiens, dont les yeux étaient encore pleins de rire. Leur joie apparaissait si clairement sur les photos qu'elle laissait penser aux lecteurs qu'il existait entre eux une histoire d'amour.

Les photographes finirent par s'en aller. Les lumières du cabaret s'atténuèrent et une fille parut dans le faisceau d'un projecteur. Elle avait une robe du soir, de longs cheveux noirs et un visage d'ange. L'orchestre commença un air en sourdine, et la fille se mit à chanter d'une voix pure et émouvante :

Douce France, cher pays de mon enfance, bercé de tendre insouciance...

— C'est pour toi, murmura Léa.

La nostalgie s'empara de Stan : il avait quitté l'Art School depuis bientôt un an, et Paris lui manquait.

La table de Stone se trouvait dans un angle du cabaret, si bien que Stan voyait la chanteuse de dos. Soudain, elle se retourna et s'approcha de lui, le micro à la main.

— Aurelia ! murmura le jeune comédien en reconnaissant enfin la voix et la jolie silhouette de son amie.

Aurelia, souriante, se pencha sur lui :

... *oui je t'aime et je te donne ce poème*...

Quand la chanson s'acheva, Stan se leva et posa un baiser sur la main de la chanteuse tandis que la salle applaudissait chaleureusement.

— Rejoins-nous, murmura-t-il.

Aurelia chanta encore quatre chansons en anglais avant de sortir de scène.

— Tu la connais bien ? demanda Léa.

Il acquiesça :

— Nous étions à l'école ensemble.

Quelques minutes plus tard, Aurelia se faufila vers lui entre les tables. Elle avait échangé sa robe du soir contre une tenue plus légère et enlevé sa perruque. En dessous, ses cheveux blonds étaient courts et frisés. Débarrassé de son maquillage, son visage aux traits délicats avait une fraîcheur juvénile. Stan fit les présentations.

— Vous chantez merveilleusement, dit Stone.

Aurelia le remercia et baissa ses longs cils sur le sourire mystérieux que Stan connaissait bien. Elle aimait les hommages qu'elle trouvait tout naturels. Cependant son regard se fixa sur Stan avec un étonnement sincère :

— Si on ne m'avait pas dit que tu étais dans la salle, je ne t'aurais pas reconnu !

— Moi non plus, je ne t'aurais pas reconnue ! Qui t'a permis de couper tes beaux cheveux ?

Elle porta la main à ses boucles et plissa le front :

— Ça ne te plaît pas ?

— Tu es très laide !

— Et toi, très beau, murmura-t-elle en jetant un coup d'œil à Léa Morgan, comme pour la prendre à témoin.

Comme leur conversation se déroulait en français, la jeune star les regardait sans comprendre.

— Tu devais venir à Hollywood, dit Stan.

— Je n'ai pas eu le temps, soupira-t-elle. La comédie musicale, les cabarets... New York est une ville formidable. J'habite chez une copine américaine, du côté de Greenwich.

— Tu vas rester ici ?

— Et toi ?

Stan secoua la tête :

— J'ai décidé de rentrer en France. Ça ne m'empêchera pas de revenir un jour pour un tournage. En attendant, je vais me consacrer au théâtre. Jason m'a écrit : il m'offre une place dans sa compagnie, et je vais certainement faire une cinquième année à l'Art School.

— Comme prof ?
— Conseiller... J'aurai le temps d'écrire.
— Je viendrai peut-être te rejoindre.
— Ce serait cool.

Ce langage de collégiens les amusa.

— *Two Masks* sort quand sur les écrans ? demanda-t-elle.

— En septembre aux États-Unis, et en octobre en France.

— La première aura lieu le 8 octobre à Paris. Vous êtes la bienvenue, dit Stone.

— Vous êtes satisfait ?
— De mes comédiens, beaucoup. Stanley a un grand, très grand talent !

Aurelia sourit à Stan :

— Ton aventure est magnifique, et si fulgurante !
— C'est ça, l'Amérique ! s'exclama le comédien. Les rêves s'y réalisent plus facilement et plus vite qu'ailleurs.

Aurelia, pensive, trempa les lèvres dans la coupe de champagne qu'on lui avait servie. Peut-être enviait-elle la chance de Stanley. Soudain, elle le dévisagea avec tendresse :

— Je savais que tu réussirais, Stan. Il y a en toi une force étonnante. Et cette force m'a aidée bien des fois !

— Toi ? murmura-t-il, incrédule.

— À ton avis, pourquoi j'ai tellement insisté pour que tu acceptes le rôle de Sigurd, puis que tu me fasses répéter mes monologues ? Sans toi, je n'aurais pas pu être Élisande. Je n'étais pas très bonne comédienne. Tu m'as portée.

Il se sentit envahi d'une douce mélancolie. Sigurd, Élisande, une belle et très ancienne histoire… Comme celle de Stan et d'Aurelia !

Soudain, son portable se mit à vibrer. Il consulta l'écran et se leva :

— *Excuse me.*

À l'écart des autres, il murmura :

— Aude ?…

La conversation dura quelques minutes ; puis il revint, visiblement ému.

— C'était Steven Spielberg ? demanda Aurelia.

Il sourit :

— Beaucoup mieux que ça !

FIN

1. L'école des stars
2. Un rôle pour trois
3. Née pour chanter
4. Pianiste dans l'âme
5. Fin de rêve
6. Mauvais rôle
7. Drôle de personnage

Impression réalisée sur CAMERON par

BRODARD & TAUPIN

GROUPE CPI

*La Flèche
en octobre 2005*

Imprimé en France
N° d'impression : 32036